Alexander M. Weigl
Also ging ich,
um die Welt zu kaufen

AF191759

Alexander M. Weigl

Also ging ich,
um die Welt zu kaufen

Roman

Bibliografische Information der Deutschen Nationalbibliothek:
Die Deutsche Nationalbibliothek verzeichnet diese Publika-
tion in der Deutschen Nationalbibliografie; detaillierte bibliografische Daten sind im Internet über http://dnb.dnb.de abruf-
bar.

Korrektorat: Andreas Spang

Verlag: BoD · Books on Demand GmbH, In de Tarpen 42,
22848 Norderstedt

Druck: Libri Plureos GmbH, Friedensallee 273, 22763 Ham-
burg

ISBN: 978-3-7693-0637-8

Für Großvater

Inhalt

ERSTER TEIL

DIE WELT IST UNENDLICH

I

Den Tag, an dem ich mich das erste Mal fragte, was wohl die Welt kosten würde, assoziiere ich mit der Farbe Orange. Es war gleichzeitig der Tag, an dem ich mein erstes Eis in diesem Sommer aß. Ich war erst vor einigen Wochen fünf Jahre alt geworden; ich erinnere mich gern daran. Es war ein sehr klarer und sonniger Frühsommertag, die Luft roch nach Erdbeeren und die Welt war noch weit und rätselhaft. Ich lebte in einer unbekannten Welt. Ich wusste so gut wie nichts, doch vertraute darauf, demnächst alles zu wissen. In stiller Vorfreude auf meine bald eintretende Weisheit schleckte ich mein Haselnusseis, das süßer und besonderer schmeckte als alle Kugeln Eis, die ich in meinem Leben schlecken würde. Dennoch kostete ich diesen Moment viel zu wenig aus. Meine Gedanken verhingen und verhedderten sich stattdessen an dem Geld, das mein Vater für das Eis bezahlt hatte. Ich wusste bereits, dass jeder Geld brauchte, und jeder mehr haben wollte, aber wer zu viel davon hatte, verdarb sich daran den Kopf oder so ähnlich. Ich vermutete, dass sich ein verdorbener Kopf gleich anfühlen musste wie ein verdorbener Magen. Diese Qual war sich kaum vorzustellen. Deshalb hatte ich aufrichtigstes Mitleid mit den Menschen, die so viel Geld hatten.

Ich war erleichtert, dass für mich und meine Familie keine Gefahr drohte, sich den Kopf zu verderben, denn wir waren zwar nie arm, aber besonders reich waren wir auch nie. Mein Vater konnte es sich locker leisten, sich selbst und mir ein Eis zu kaufen, und vielleicht war das auch einer der Gründe, warum er sich den Kopf am Geld nie verdorben hatte. Ich sah die große, triefende, grüne Minzeiskugel vor meinen Augen in für mich unvorstellbarer Geschwindigkeit in den lächelnden Mund meines Vaters verschwinden und fragte mich sogleich, wie viel sie ihn gekostet hatte.

„Wie viel hat dein Eis gekostet?", stieß es aus mir hervor.

„Für das Eis habe ich einen Euro bezahlt."

Was nicht wenig Geld war, wie ich einzuschätzen wusste. Für einen Euro konnte man sich in der Bäckerei drei Kaisersemmeln oder zehn saure Regenbogenschlangen kaufen.

„Und meines?"

„Für dein Eis habe ich auch einen Euro bezahlt", antwortete mein Vater geduldig.

„Woher hast du das Geld?"

„Das Geld habe ich verdient. Wie du weißt, werde ich am Montag wieder zur Arbeit gehen. Das heißt, ich werde für jemanden etwas tun, und er wird mir im Ausgleich dafür Geld geben."

Meine Eltern redeten nie mit mir, als wäre ich dumm, nur weil ich ein Kind war. Das rechne ich ihnen bis heute hoch an.

Also deswegen verließ er uns so oft. Um Geld zu verdienen, damit er sich selbst und mir ein Eis kaufen konnte.

Ein brauner, unvergleichlich süßer Tropfen rann die knusprige Waffel hinab und asphaltierte auf seinem Weg eine zuckersüße Straße. Ich ließ ihn sein, denn bald würde ein zweiter seinen Weg über diese Straße antreten, und den Mut des Vorangegangenen wollte ich belohnen. Da ich Zeit hatte, sah ich mich auf dem heute kleinen, damals riesigen Marktplatz um. Ich sah einen Brunnen, auf dem eine Statue stand, die grasgrün war. Eine Schlange umwickelte einen Reiter, der mit geschwollener Brust mitten auf dem Platz umherritt, seinen Blick stolz gen Himmel gerichtet. Die Schlange spie Wasser aus ihrem Maul, beruhigend glitzernd plätscherte es herab. Diese Statue war sicher wertvoll. Vielleicht das Wertvollste, was ich hier mit einem Blick einfangen konnte. Wie viele Kaisersemmeln und Regenbogenschlangen man sich wohl für diese Statue kaufen konnte?

II

An einem Wochenende, an dem wir wie so oft die Berge besuchen wollten, fuhren wir weiter als an allen bisherigen. Gespannt sah ich aus dem Fenster. Nebelschwaden hingen noch müde an den fichtendunklen Berghängen, sie ließen den Tag kalt aussehen. Ich freute mich, dass die Sicht klar war, denn gleich würde ich hinter einen Bergrücken blicken können, hinter den ich noch nie blicken durfte. Ich war nervös, was da wohl lauern würde.

Ich konnte mir nicht vorstellen, dass es mehr gab, als ich sah. Diese war meine Welt. Sie bestand aus der grünen, breiten Wasserschlange im Tal, und steilen, bewaldeten Berghängen, die einige hundert Meter aufstiegen und sich dann nach hinten weg verloren. Bis zu jenem Zeitpunkt war mein Blick durch die muskulösen Berge versperrt gewesen, denn sie waren höher und breiter als die höchste und breiteste Erhebung, auf die meine Füße mich bisher getragen hatten, und somit gleichzeitig das Ende meines bekannten Universums. Umso gespannter war ich darauf, wo es wohl endete. Vielleicht würde ich gleich einen Blick auf das Ende der Welt erhaschen können.

Ich hätte mein Gesicht gerne ungeduldig an die Scheibe gepresst, das kalte Glas an meiner Wange gespürt und meinem Atem dabei zugesehen, wie er kondensierend sichtbar wurde. Gerne hätte ich mir vorgestellt, dass der Morgen nur wenige Millimeter von meinem warmen Gesicht entfernt eisig kalt war und mit unvorstellbarer Geschwindigkeit an mir vorbeischoss. Gerne hätte ich mit meinen neugierigen Fingerkuppen Muster in meinen weltgewordenen Atem gemalt. Aber all das durfte ich nicht.

Sobald der Wagen um die eine, alles verändernde Kurve gerollt war, sah ich sie. Die Welt hinter dem Berg. Und sie war bemerkenswert, denn sie war so gleich! Mir blieb der Mund offen stehen. Ein Tal, ähnlich steil und lang, eröffnete sich mir. Auch hier lag die grüne Schlange. Aufmerksam verfolgte ich ihre Bewegungen, wie sie ihren schimmernden, grünen Körper durch die neue Welt schlängelte. Und plötzlich, viele Kilometer von meinem neugierigen Auge entfernt, bog sie ab und verschwand hinter einem Bergrücken, den ich nicht kannte. Auf einen Schlag hatte sich meine Welt verdoppelt.

Vater und Mutter hatten bereits angekündigt, dass wir heute einen Berg besuchen wollten, der höher und breiter als alle bisherigen war. Aber der Weg wäre lang und ich müsste mich anstrengen.

Bevor wir losgingen, hüpfte mir eine Frage über die Zunge: „Wie heißt der Berg, den wir heute besuchen werden?"

Mutter konnte sich ein Schmunzeln nicht verkneifen. „Donnerspitze. Aber wir werden die Donnerspitze nicht besuchen, sondern wir werden sie besteigen. So heißt das, wenn man den Gipfel eines Berges erklimmt."

Aha.

Doch viel wichtiger war: „Werden wir heute vom Gipfel der Donnerspitze aus hinter diesen Berg dort blicken können?"

Mit ausladender Geste deutete ich auf die neue Grenze meines Universums.

„Natürlich", antwortete mein Vater. „Und noch viel, viel weiter."

Hatte ich richtig verstanden? Und *noch weiter*? Die Tragweite der Antwort meines Vaters war kaum zu begreifen. Denn sie bedeutete, dass die Welt noch sehr viel größer war, als ich bis zu jenem Zeitpunkt angenommen hatte. Diese Wanderung wurde sogleich zum wichtigsten Forschungsprojekt in der Geschichte meines Lebens. Es galt, jeden Schritt mit Bedacht zu wählen, jeden Blick wertzuschätzen. Denn hinter jedem Bergrücken, hinter jedem Felsen und hinter jedem Baum konnte sie lauern: die freie Sicht auf das Ende der Welt.

Viele beschwerliche Schritte später wachte ich auf. Schlaftrunken blinzelte ich in die Sonne. Ich war eingeschlafen! Ich saß in der Rückentrage und wippte langsam auf und ab. Sogleich ärgerte ich mich über meine eigene Unachtsamkeit, müde geworden zu sein. Vielleicht sah ich heute zum ersten Mal das Ende der Welt und ich war zu schwach, einen läppischen Berg zu besteigen! Als meine Augen sich an das grelle Sonnenlicht gewöhnt hatten und mein Vater die letzten Schritte getan hatte, eröffnete sich mir die Sicht auf die Unendlichkeit. Links sah ich eine Welt. Und rechts sah ich eine

Welt. Hinten war eine Welt, und vorn … ja vorn …
da war meine Welt! Andächtig lag der Fluss, ebenso
kurvig wie ich sie kannte und liebte, meine
Schlange. Steil stiegen die Hänge, müde lagen die
Schwaden, dunkel glänzten die Fichten. Das war
meine Welt gewesen. Sehnsüchtig streckte ich
meine Hand nach ihr aus. Sie lag weit unter mir;
ich konnte Berge von oben sehen! Berge, die so
hoch waren, dass es sehr anstrengend war, sie zu
besteigen, hatte ich hinter mir gelassen auf meinem
Weg nach oben. So blieb mir nichts anderes übrig,
als mein Auge auf das Ende der Welt zu richten.
Weit hinten, so weit weg, dass die ganze Welt spielend leicht in eine geöffnete Hand gepasst hätte, berührte sie den Himmel. Und dahinter zu sehen war
unmöglich. War das das Ende der Welt? Schwer zu
sagen. Um diese These zu überprüfen, wäre es nötig
gewesen, dort hinzufahren und nachzusehen. Aber
da gab es noch eine Möglichkeit …

„Mama, was würde passieren, würde ich hinter
den Berg sehen, der den Himmel berührt? Ist da
das Ende der Welt?“

Sie antwortete nicht sofort. Sie schien zu überlegen, lange, unendlich lange.

Und dann sagte sie: „Weißt du, mein Schatz, ich
denke, die Welt hat kein Ende.“

Bemerkenswert. Auch Mutter schien sich über
das Ende der Welt im Unklaren zu sein.

III

Dieser Tag war wahrlich ein besonderer gewesen. Ich durfte die Vorfreude auf eine neue Welt fühlen. Ich durfte mir vorstellen, wie es wohl wäre, mein Gesicht an die Autofensterscheibe zu pressen. Ich durfte den wahrscheinlich höchsten Berg der Welt besteigen. Ich sah die Welt, die bis dahin meine gewesen war, gänzlich von oben. Ich entdeckte eine Welt, die rechts war, eine Welt, die links war, und eine, die hinter mir war. Und ich sah eine Welt, die den Himmel berührte. Grob überschlagen, waren diese Welten zusammen eine große, viel wertvollere Welt. Aber dennoch ziemlich klein. Wenn ich in mich hineinfühlte, und spürte, was ich wollte, war da dieser Hunger nach mehr. Ich wollte mehr. Präziser: Ich wollte alles. Jede dieser Welten erforschen, jeden dieser Berge besteigen. Die Welt lag mir zu Füßen.

Aber dieser Tag war vorbei. Es war schon Tage her, dass sich meine Welt vergrößert hatte. Was mir letzte Woche noch egal gewesen war, brannte mir heute im Kopf.

Suchend hielt ich auf meinem steilen, noch nie so lang gewesenen Weg zum Kindergarten nach den Nebelschwaden Ausschau. Ich vermisste sie. Es schien, seit ich wusste, dass es mehr von ihnen gab, waren sie beleidigt und zeigten mir ihr Gesicht nicht mehr. Insgeheim verzehrte ich mich nach ihnen. Sie würden mir zeigen, dass alles normal war in meiner Welt. Während mir ihre Abwesenheit bestätigte, dass sich etwas verändert hatte. Etwas Grundlegendes.

Weißt du, mein Schatz, ich denke, die Welt hat kein Ende.

An jenem Donnerstag im Kindergarten hatte man uns Acrylfarbe mitgebracht. Diese machte großen Spaß. Ich erfuhr, dass es drei sehr wichtige Farben gab. Diese waren Rot, Gelb und Blau. Außerdem lernte ich, dass man alle Farben der Welt erschaffen konnte, nur mit diesen dreien. Das Unglaubliche war, wie einfach das zu beweisen war! Nie im Leben hätte ich mir erträumt, dass Gelb und Blau Grün ergaben. Etwas offensichtlicher empfand ich, wie Orange entstand, was meine Lieblingsfarbe war. Aber alle Farben der Welt? Das war sich nicht vorzustellen. Ich mischte und mischte, den ganzen Tag. Ich mischte sogar alles zusammen, was zu meiner Überraschung das mehr als enttäuschende Schwarz ergab. Was, wie man mir erklärte, genauso wie Weiß allerdings keine Farbe war. Wieso das so war, wollte man mir dann nicht sagen. Ich kam auf Violett, Pink, Hellrot. Auch Ultramarin und Karminrot waren dabei, deren Namen sich für mich aber nicht nach Farben anhörten. Grün war eine undankbare Farbe, was das Mischen anbelangte. Denn egal was ich probierte, ich schien entweder nur leichte Abwandlungen davon oder dieses über alle Maßen hässliche Braun zu bekommen, worauf immer Schwarz folgte, was dann die Endstation war. Aber alle Farben der Welt? Diese Aussage schien widerlegt zu sein. Als ich die Frau mit den

Farben auf ihren Irrtum hinwies, wollte sie sich nicht eingestehen, falschgelegen zu sein. Sie meinte, dass das Mischen von Farben viel Übung verlange und Farbmischer sogar ein Beruf sei. Wenn es unendlich viele Farben gab, schien es unmöglich, dass aus nur drei scheinbar beliebigen davon eine unendliche Summe von Farben herzustellen sei. Ich dachte das Wort unendlich, verstand jedoch seine Bedeutung nicht. Die Möglichkeit, alle Farben der Welt zu sehen, fühlte sich richtig an. An jenem Tag, an dem ich vergeblich die Nebelschwaden an den Fichtenhängen suchte, beschloss ich, Farbmischer zu werden. Das erste Mal war ich gern im Kindergarten gewesen.

IV

Der Tag, an dem ich begriff, dass die Welt unendlich war, war der Tag, an dem Mutters Worte mein Innerstes erreichten.

Weißt du, mein Schatz, ich denke, die Welt hat kein Ende.

Diese Worte waren nicht bloß Worte, sie enthielten mehr als die Summe ihrer Einzelteile. Etwas, das kein Ende hat, war sich im Alter von fünf Jahren schwer vorzustellen. Aber durch Mutters bemerkenswerte, wohl gewählte Worte erschloss sich mir die Unendlichkeit.

Ich hatte nicht geglaubt, dass dieser Tag eine so freudige Überraschung für mich bereithalten würde. Wenig Zeit verbrachte ich mit meinen Gedanken, viel zu viel damit, nicht zu wissen, was ich denken sollte.

Meine Gedanken und ich waren schon immer gute Freunde gewesen, aber es gab und gibt Tage, an denen sie sich nicht zeigen. Sie brüten vor sich hin und lassen mich mit dem Gefühl allein, dass sich bald etwas verändern wird, etwas Grundlegendes. Etwas, das wichtig ist.

Aber ich wusste noch nicht, dass es sich bei diesem nervigen, unvollständigen Gefühl um ein Erwachen handelte. Also ließ ich es sein. Und da ich Zeit hatte und müde war, schloss ich meine Augen und schlief ein. Insgeheim hoffte ich, dass ich im Schlaf erlöst würde von dieser Qual, nicht der Herr über meine Gedanken zu sein.

Der Tag, an dem ich begriff, dass die Welt unendlich war, war eigentlich kein Tag, sondern eine Nacht, worauf ein Morgen folgte, an dem ich zum ersten Mal erwachte. Ich ging schlafen, in einer Welt, die winzig war, träumte von einer, die groß war, und wachte in einer auf, die unendlich war.

Der Tag, an dem am Abend zuvor Mutters Worte mein Innerstes erreicht hatten, war ein guter Tag.

V

Der Sommer begann und der Kindergarten endete. Immer öfter besuchten wir das ortsansässige Schwimmbad, das mir riesig erschien. Am meisten freute ich mich auf die Liegewiesen. Gerne grub ich meine Zehen in das sonnenwarme Gras und spürte mit meinen Fußsohlen die kühlere Erde unter meinen Füßen. Hin und wieder rupfte ich mit ihnen kleine Büschel Liegewiese aus und verteilte sie. Als ich dabei meine Füße erblickte, war ich stolz. Bald würde ich mit ihnen die Welt bereisen. Wäre ich erst erwachsen, so wie Mutter oder Vater, würde ich keinen Moment zögern, sie in die Hand zu nehmen und hinaus in die Welt zu rennen.

Aber nicht heute. Heute wusste ich zwar bereits, dass die Welt unendlich war, aber schwimmen konnte ich noch nicht gut genug, um diese zu erobern, also würde ich Schwimmunterricht bekommen. Ich konnte mich zwar bereits über Wasser halten und ein Ertrinken lange hinauszögern, aber unendlich lange Flüsse durchschwimmen? Da lag noch ein weiter Weg vor mir.

Der Schwimmunterricht stellte sich als mühsam und langwierig heraus. Doch aufgeben war keine Option. Die Welt erwartete mich. Trotzdem freute ich mich auf die Pause. Mutter gab mir einen Euro, davon sollte ich mir ein Eis kaufen. Die Münze wog schwer in meiner Hand. Wie viele davon würde ich wohl brauchen, um mir eine unendliche Welt kaufen zu können? Als ich am kirschroten Kiosk stand, studierte ich meine Auswahl. Gleichzeitig wog ich das Geld in meiner Hand auf und ab. Nicht jedes Eis konnte ich mir leisten, viele waren zu teuer. War eine unendliche Welt auch zu teuer für mich? Ich kaufte mir ein Eis für achtzig Cent. Vielleicht durfte ich den Rest ja behalten. Ich war mit meiner Auswahl mehr als zufrieden, das Eis schmeckte außen fruchtig nach Erdbeere und innen nach luftiger Milchcreme.

Es war ein guter Tag im Schwimmbad gewesen. Meine Schwimmfähigkeit hatte sich verbessert und ich war so meinem Ziel, die Welt zu erobern, ein ganzes Stück nähergekommen. Zu Hause wusste ich bereits, was ich machen würde. Ich würde mich in die Unendlichkeit der Welt begeben.

Am Abend holte ich meine Buntstifte aus der limonengrünen schweren Box und überlegte mir, wie mein Schlachtplan aussehen würde. Zuallererst würde ich den höchsten Berg der Welt besteigen, um mir einen guten Überblick verschaffen zu können. Denn egal wie groß die Welt war, vom Gipfel eines Berges aus, der noch viel höher war, unendlich hoch, würde alles locker in eine geöffnete Hand passen. Ich würde mit einem Handstreich alle Schwimmbäder und Kindergärten, alle Flüsse und alle Statuen, alle Farben und alle Früchte, alles Eis und alle Gerichte, alle Nebelschwaden und alle Wege fassen können. Das war ein guter Anfang. Doch wie den Anfang anfangen? Der höchste Berg in einer unendlichen Welt war so hoch und so breit, dass er sich kaum in meinen Zeichenblock pressen ließe. Also zeichnete ich einfach darüber hinaus. Der rechte Fuß des Berges thronte auf der honiggelben Leselampe, und der linke Fuß stützte sich auf den seitlichen unteren Rand meines Schreibtisches. Der Gipfel saß etwas höher auf der Fensterbank, so wie es sich für einen unendlich hohen und unendlich breiten Berg gehörte.

Zufrieden betrachtete ich mein Werk. In der Mitte des Tisches lag ein leeres, weißes Blatt Papier, auf der linken Seite sah ich Berg, auf der rechten Seite sah ich Berg, und auf der Fensterbank sah ich schneebedeckten Gipfel.

Einem guten Tag und einem besseren Abend folgte schließlich ein scheußliches Abendessen. Mutter und Vater schienen sich nicht über meine gelungene Zeichnung des höchsten Berges der Welt zu freuen. Umso mehr freute ich mich auf die Nacht. Ich plante zu träumen, und zwar von der Besteigung des höchsten Berges der Welt.

VI

Um den höchsten Berg der Welt zu erreichen, musste ich unzählbar viele und zum Teil unendlich lange Flüsse durchschwimmen. Die meisten waren grün oder nur leichte Abwandlungen davon, aber auf meiner unendlich langen Reise zum höchsten Berg der Welt habe ich Flüsse in allen Farben gesehen. Manche waren hässlich braun, oder schwarz wie die Nacht, was, wie ich ihnen erklärte, genau genommen keine Farbe war. Aber es war ihnen egal. Ich sah Flüsse, die kirschrot waren, Flüsse, die breiter waren, als sie lang waren, und Flüsse, die im Kreis flossen. Manche hatten überhaupt vergessen zu fließen und lagen einfach nur still da. Ein pinker Fluss war sehr ängstlich und er floss nur durch Gegenden, die er schon mal durchflossen hatte. Manche Flüsse waren kühl und abweisend und wechselten andauernd ihre Farben, andere sprudelten geradezu über vor Freude und leuchteten im schönsten Orange. Es gab ruhige Flüsse und erzählfreudige, aber alle waren sie Flüsse. Und alle durfte ich kennenlernen auf meiner Reise zum Fuße des höchsten Berges der Welt.

Das Wetter am Fuße des höchsten Berges der Welt war unerträglich heiß. Das Tal lag so tief, dass man erst unendlich lange hinabsteigen musste, um es zu erreichen. Wasser gab es hier unten keines, denn davon war alles verdampft. Nicht einmal die Wüste war hier zu finden, denn selbst dem Sand war es hier zu trocken. Die Luft spiegelte und fühlte sich flüssig an. Auch ich fühlte mich an jenem Ort nicht wohl, so war es höchste Zeit für mich, aufzubrechen. Zielstrebig begann ich meinen Aufstieg.

Als ich immer höher stieg, und es langsam immer weniger heiß wurde, fingen die Pflanzen an, sich wohlzufühlen. Auf meiner Reise zum Gipfel des höchsten Berges der Welt sah und roch ich jede Menge Pflanzen. Ich sah Blumen, die erst verwelkten, dann schnell aufblühten und nach und nach zur Knospe wurden. Manche rochen nach Vanille, andere nach Zimt. Als ich an einer Pflanze vorbeikam, die nach verfaulten Eiern roch, musste ich mir die Hände vor den Mund halten, und anfangen zu rennen, um nicht vor Gestank umzukippen. Je höher ich kam, desto dichter wurde das Dickicht und desto bunter wurden die Gewächse. Bis sie unendlich bunt wurden, was das Schönste war, was ich je gesehen hatte.

Das schwache Sonnenlicht erhellte sanft eine Kuppel aus Blüten und Stämmen, Ranken und Blättern, Stielen und Ähren, Stängeln und Flechten. Der Boden war vollständig ausgekleidet mit weichem Moos. Ich konnte nicht widerstehen, zog meine Schuhe und Socken aus und vergrub meine Zehen in den grünen Teppich. Die Luft und das Moos waren voller Pollen, sie kitzelten in der Nase und schwebten in kleinen Schwärmen umher, ließen sich in der stillstehenden Luft gehen und senkten sich langsam zum Boden herab. Das Licht rührte von der Mitte der Kuppel her, wo sich eine riesige Mohnblüte befand. Es drang durch das einzige kleine Fenster und beleuchtete sie. Sie war wunderschön. Sie schien mich einzuladen. Ich nickte zustimmend und näherte mich meiner neuen Freundin. Als ich mich in der zimmergroßen Mohnblüte erschöpft fallen ließ, wirbelte Blüten-staub auf. Ich massierte meine Füße, sie rochen nach Moos und Erde. Sie waren durchzogen von Venen und Muskeln, außerdem schmerzten sie stark. Sie hatten mich einen sehr weiten Weg tapfer getragen. Es war der längste Weg, den ein Mensch je gegangen war, er war unendlich lang. Je mehr ich über meine vergangene Reise nachdachte, desto müder wurde ich. Eine Pause hatte ich mir redlich verdient. Die Blütenblätter der Mohnblume krümmten sich schützend über mich und deckten mich zu. Es war ein guter Tag gewesen. Kaum hatte ich den letzten Gedanken zu Ende gedacht, entglitt ich in tiefen Schlaf.

VII

Der Tag nach der Nacht, in der ich die Besteigung des höchsten Berges der Welt angetreten war, war ein normaler Tag. Die meiste Zeit hing ich den bunten Flüssen und den gut dufteten Pflanzen nach. Oft schaute ich in die Ferne, über den grünen, langweiligen Fluss, vorbei an den fichtendunklen Berghängen bis hin zu dem muskulösen Gebirge, das ich vor gar nicht allzu langer Zeit als Grenze der Welt angesehen hatte. Doch jetzt war es besser. Die Welt war jetzt unendlich und mein Blick ließ sich nicht mehr von Bergen stoppen. Er ging geradewegs durch sie hindurch, über endlos lange Flüsse und unendlich bunte Pflanzen hinweg, über Flüsse, die im Kreis flossen, bis hin zum höchsten Berg der Welt, der unendlich breit und unendlich hoch war, an dessen Fuß es unerträglich heiß und in dessen Mitte die Welt unvorstellbar fruchtbar war. Die Welt, in der ich lebte, kam mir normal vor. Doch ich würde nicht ewig hier festsitzen, denn wäre ich erst alt genug, groß genug und vor allem weise genug, dann würde ich meine Beine in die Hand nehmen und auf diese außergewöhnliche und wunderbare Welt zustürmen und sie erobern. Umso mehr freute ich mich auf die Fortsetzung der Besteigung des höchsten Berges der Welt.

Am Abend nach der Nacht, in der ich die Besteigung des höchsten Berges der Welt angetreten war, schlief ich in einer vergangenen Welt ein und wachte in einer zukünftigen Welt auf.

Ich blinzelte, denn es war ausgesprochen düster hier, irgendwo zwischen dem Fuße und dem Gipfel des höchsten Berges der Welt. Ob es Nacht geworden war, während ich geschlafen hatte? Ich sah mich um, doch es war zu dunkel, um etwas zu erkennen. Außerdem fühlte ich mich unbehaglich. Zögerlich spürte ich, worauf ich lag. Es fühlte sich an, als hätte ich mich auf tausenden Murmeln schlafen gelegt. Ich nahm eine Handvoll und ließ sie von der flachen Hand hinabrollen. Sie fühlten sich leicht an. Ich gönnte mir einen kurzen Augenblick, bevor ich mich der Realität stellen würde, und rollte mit beiden Händen auf den Murmeln vor und zurück. Vor und zurück. Vor und zurück. Doch es dauerte nicht lange, bis ich wieder unruhig wurde. Was war dieser Ort? Verunsichert hob ich meine Hand und tastete blind herum. Als ich sie etwas von mir wegstreckte, stieß sie dumpf an eine harte, undurchdringbare Wand. Sofort tastete ich mit meiner anderen Hand die andere Seite ab. Ich kam zum selben Ergebnis, und im gleichen Moment zu der Erkenntnis, dass ich eingeschlossen war. In einer Kammer, die so winzig war, dass ich kaum beide Hände ausstrecken konnte, ohne an beiden Seiten an eine Mauer zu stoßen. Panik stieg in mir hoch. Die Situation behagte mir ganz und gar nicht. Ich fing an, verzweifelt mit beiden Fäusten gegen die Wände zu schlagen. Mit voller Wucht stieß ich dagegen, meine Hände begannen zu schmerzen. Tränen stiegen in mir hoch. Ich war hier gefangen, ganz allein, in einer düsteren und winzigen Kammer, irgendwo zwischen dem Fuße und dem Gipfel des höchsten Berges Welt, unendlich weit von zu Hause entfernt. Die Tränen rollten meine Wangen hinab und asphaltierten auf ihrem Weg salzige Straßen. Voller Verzweiflung warf ich mich auf den Rücken und fing an, gegen die Mauer zu treten. Ich nahm all meine Kraft zusammen und stemmte mich mit den Händen gegen die eine Seite meines Gefängnisses, während ich mit beiden Beinen zugleich gegen die andere Seite stieß. Zu meiner Überraschung vernahm ich ein leises Knacken, und ich war in der Lage, die Wand der Kammer etwas aufzudrücken. Voller frisch geschöpfter Hoffnung verstärkte ich meine Tritte, und mit einem Mal brach die Mauer unter meinen Füßen zur Gänze ab und eine Lawine aus tausenden schwarzen Murmeln spülte mich aus meinem Gefängnis hinaus.

Eisige Kälte pfiff um meine Ohren, schützend hob ich meine Hände vor den Kopf. Mit tränenüberströmtem Gesicht saß ich im Schnee, um mich herum lauter kleine pechschwarze Murmeln. Dieser Ort glich in keinster Weise jenem, den ich gestern verlassen hatte. Keine unendlich bunten Pflanzen, kein Moos, keine Blätter, keine Flechten, keine Stängel, keine Ranken. Und anstelle von Pollen wirbelte eisiger Wind Schneeflocken durch die Luft. Alles war verlassen und tiefgefroren, alle Farben schienen ausradiert. Nur noch das Phantom Schwarz und sein Bruder Weiß. Ich stand auf, klopfte Schnee und Staub ab. Eine schwarze

Murmel fiel stumm aus meinem Haar und landete weich im Schnee. Während ich mir die Tränen von den Wangen wischte, ging ich mit offen stehendem Mund herum. Nebel stob heraus. Der Schnee knirschte kalt unter meinen Füßen und ich begann zu frieren. Nach einigen Schritten keimte in mir eine Idee, die schnell zu einem Verdacht und gleich darauf zu einer Überzeugung wurde. Derweil ich geschlafen hatte, war es nicht Nacht geworden. Hier war es bereits Winter! Und die Mohnblüte, die mein Bett gewesen war, war verblüht und zur Mohnkapsel geworden. Weißgrau mit schwarzen Flecken lag sie da, wie ein Kokon, aus dem ein Schmetterling entschlüpft war. Schüchtern flatterte ich mit meinen Flügeln und nahm mir für einen Moment die Freiheit, zu vergessen, dass ich nicht fliegen konnte.

Ich kannte diese Art Kapseln vom letzten Herbst, Mutter hatte einige Mohnblumen in ihrem Garten angesät und dann die Samen geerntet, um für dieses Jahr wieder welche zu haben. Die Körner in solchen Kammern sind so klein, wenn man sie aufknackt, fließt der Mohn wie schwarzes Wasser heraus. Die Körner, die mich aus meiner Kammer herausgespült hatten, waren viel größer als herkömmliche Mohnsamen; sie waren etwa daumendick.

Aus meinem monatelangen Schlaf von einem Tag auf den anderen schloss ich, dass sich Zeit in einer unendlichen Welt anders verhielt als in einer endlichen.

Ich füllte meine Taschen mit daumendicken Mohnsamen und setzte meine Reise fort.

VIII

Die Reise zum Gipfel des höchsten Berges der Welt war im Sommer meines sechsten Lebensjahres zu meinem Hauptlebensinhalt geworden. Am Tage freute ich mich darauf, zu träumen, und am Morgen war ich enttäuscht, aufzuwachen. Trotzdem verlebte ich meine Zeit nicht ungern in der Realität. Denn ich wusste, dass die reale Welt meine Welt war und auch diese Welt das Potenzial hatte, unendlich zu werden. Auch in dieser Welt gab es irgendwo eine riesige Mohnblume, düstere Lichtungen voller Ranken und Stämme, Stängel und Blätter, Ähren und Blütenstaub, irgendwo gab es orangefarbene Flüsse, unendlich lange Straßen, endlose Ozeane, unergründlich tiefe Schluchten. Und irgendwo gab es einen Berg, der genauso war wie der, von dem ich träumte.

So empfand ich die Realität nicht länger als plump oder fade; ich betrachtete sie eher als Tag vor der Nacht, die meine war. Denn wäre ich erst erwachsen, so wie Mutter oder Vater, würde ich aufhören zu leben und anfangen zu träumen, am helllichten Tag. Wie ich es mir schon seit geraumer Zeit ausgemalt hatte, könnte ich gehen, wohin ich wollte, lernen, was ich wollte. Ich würde meine Beine in die Hand nehmen und laufend träumen, und das Dach der Welt besteigen, Ozeane durchschwimmen, Eisverkäufer und Farbmischer werden, wabernde Hitze fühlen, klirrende Kälte spüren, unendlich bunte Blumen sehen, alle Früchte ernten, alle Tiere züchten, die größten Bäume fällen und auf den Grund der tiefsten Meere tauchen.

Doch was machten dann alle Erwachsenen noch hier?

Auf meiner Reise zum Gipfel des höchsten Berges der Welt träumte ich von Bäumen, die ich erst für Berge hielt, und um deren Stämme ich tagelang herumwandern musste. Ich träumte davon, eine Frucht zu essen, die erst nach Brathuhn und später nach Schokolade schmeckte. Ich säte Pflanzen, die schneller wuchsen, als ich laufen konnte, und ritt auf Pferden, die fliegen konnten. Ich kletterte auf unendlich hohe Bäume und überblickte die ganze Welt. Ich traf blaue Löwenzähne und rote Gänseblümchen und manche von den Pflanzen, die ich kennenlernte, verstanden sogar meine Sprache.

Und dennoch schienen es die Erwachsenen, die in der Welt lebten, von der ich träumte, vorzuziehen, auf das Träumen zu verzichten.

IX

Eine Welt, in der Flüsse flossen, die breiter waren, als sie lang waren, war eine sehr wertvolle Welt. Um nicht zu sagen eine unbezahlbare. Eine unendliche Welt war kurzgesagt unendlich wertvoll. Doch ich konnte mir diese Welt leisten, denn ich hätte endlos viel Zeit, sie zu kaufen. In einer unendlichen Welt spielte es keine Rolle, wie viel man hatte, jeder konnte sich nehmen, was ihm zustand, und das war nicht weniger als alles. Man musste nur zu träumen beginnen.

So war diese Welt unbezahlbar, doch erschwinglich für mich.

Zweiter Teil

Die Welt ist ein Stern

I

Mein Großvater war einer der besten Menschen, den ich in meinem Leben kennenlernen durfte. Er war ein kleiner, stämmiger, aber durchtrainierter Mann. Vor seinem Ruhestand war es sein Beruf gewesen, Wasserleitungen zu installieren, deswegen nannten ihn manche *Installateur*. Sein richtiger Name war ein viel schönerer, den ich aber für mich behalten möchte. Großvater hatte immer eine Weisheit parat und speiste einen nie mit Halbwahrheiten oder Gerüchten ab. Seine Vorliebe für gutes Essen war so ansteckend wie seine Weise, mit kindlicher Neugier die Natur zu betrachten. Ich verbrachte gern Zeit mit ihm und er war mein bester Freund.

Im Sommer meines sechsten Lebensjahres verbrachten wir viel zu wenig Zeit zusammen, denn Großvater war sehr krank. Oft musste er tagelang ins Krankenhaus und weder Großmutter, Vater noch Mutter konnten ihm helfen. Umso erleichterter war ich, als es ihm gegen Ende der Sommerferien viel besser ging. Er konnte wieder essen und sein Gesicht war nicht mehr so schattig.

Da es Großvater besser ging, war ich an jenem Sommertag wieder einmal zu Besuch bei ihm und Großmutter. Wir aßen eine von Omas leckeren Cremesuppen, danach Bratwürste mit Petersilienkartoffeln und Gurkensalat. Großmutter war die beste Köchin, die ich kannte. Auch ich wollte einmal so gut kochen können. Um dieses Ziel zu erreichen, würde ich wohl Koch werden müssen.

Als Nachspeise verdrückten wir große, quaderförmige Haselnussnougatschnitten. Großvater zeigte mir, wie diese am besten zu genießen waren. Und zwar wäre es wichtig, sie als Ganzes in den Mund zu nehmen, nur so würden sie ihren vollen Geschmack entfalten. Als ich das probierte, merkte ich, dass Opa mit Leichtigkeit gelang, was mir größte Anstrengung abverlangte. Doch mit viel Mühe schaffte ich es schlussendlich, die große Praline in meinen Mund zu quetschen. Mit rechteckigen Backen grinste ich Opa an.

„Sehr gut, und jetzt kauen!"

Einmal mehr hatte Großvater recht, mein Mund war so prall gefüllt mit Haselnussnougat, dass gar kein Platz für etwas anderes war. Diese war die beste Praline, die ich in meinem Leben gegessen hatte.

Nach dem Essen und Omas und Opas alltäglichen Mittagsschlaf gingen Großvater und ich bei sonnigem Wetter spazieren. Unser Weg führte uns die verschlungene Straße entlang bis hin zu einer Bank mit wilden Weinreben, an der Großvater seine erste Rast einlegte. Ich hüpfte noch ein paarmal auf und ab, bevor ich mich auch neben ihm auf die massive Naturholzplanke fallen ließ. Meine Beine baumelten spielerisch in der Luft.

Großvater deutete auf kleine grüne Sträucher neben seinen Füßen, die mir erst gar nicht aufgefallen waren.

„Hier, siehst du?" Mit aller Zärtlichkeit strich er mit seinen breiten Fingern durch das Gestrüpp und drehte einen Teil in meine Richtung.

„Das hier ist eine Vergissmeinnichtblüte. Das Vergissmeinnicht ist meine liebste Blume. Ich finde, sein Blau … es lässt sich nichts Vergleichbares auf der Welt finden."

Mit zusammengekniffenen Augen entdeckte ich eine winzige blaue Blüte zwischen den Fingern meines Großvaters. Sie war wunderschön anzusehen, innen war sie weiß mit einzigartig blauen, klitzekleinen Blütenblättern außenherum. Ich freute mich über die neue Farbe, sie würde mein Vergissmeinnichtblau werden.

„Doch die Blüte ist ja so winzig", sagte ich, mit einer leicht enttäuschten Stimme.

„Nur weil sie klein ist, schmälert das doch nicht ihren Wert", erwiderte Großvater. „Im Gegenteil. Gerade seine Größe macht ein Vergissmeinnicht aus. Es macht es zu etwas Besonderem. Nur jene, die auch ein Auge für die unscheinbaren Dinge in der Welt haben, werden in den Genuss seiner Schönheit kommen."

Einmal mehr hatte Großvater recht.
„Könnten wir bitte auch noch die Kaulquappen besuchen gehen?", fragte ich.

„Lass uns doch erst noch etwas sitzen bleiben, ja?", entschied Opa.

II

Der Sommer schritt voran und ich würde bald eingeschult werden. Ich freute mich sehr darauf.

Meine Schwimmkünste wurden immer besser, obwohl sich im Laufe des Augusts meines sechsten Lebensjahres herausgestellt hatte, dass ich wohl kein talentierter Schwimmer war. Ich nahm mir vor, das fehlende Talent mit Ehrgeiz und Fleiß wettzumachen.

Meine Nächte waren nach wie vor ausgefüllt mit meinem zweiten, zukünftigen Leben. Die Zeit in meiner Traumwelt spielte völlig verrückt. Manchmal schien so gut wie keine Zeit zu vergehen, und manchmal zogen Jahrzehnte ins Land. Ich sollte die fruchtbare Mitte irgendwo zwischen dem Fuße und dem Gipfel des höchsten Berges der Welt in sämtlichen Jahreszeiten erleben. Auf halber Höhe genoss ich eine unvergleichliche Aussicht auf die Welt. Ich beobachtete Dinge, die noch nie zuvor ein Mensch zu Gesicht bekommen hatte. Ich sah, wie Seen austrockneten, Gründe verödeten und Flussläufe sich veränderten. Ich beobachtete, wie Wüsten zu Meeren und Meere zu Wüsten wurden. Wälder starben und erstanden von Neuem, Berge schrumpften immer weiter, bis sie zu Tälern wurden.

Langsam näherte ich mich dem Gipfel, doch irgendetwas war anders. Ein Gefühl, das mich rasend machte, verfolgte mich bis in die Zukunft. Dies war der Beginn des zweiten Erwachens.

III

Die Spaziergänge mit Großvater hatten große Ähnlichkeit mit der Besteigung des höchsten Berges der Welt. Im Wald nahe dem Haus meiner Großeltern gab es nämlich jede Menge Pflanzen und Tiere. Opa erzählte mir oft von seinen Begegnungen mit Füchsen und Dachsen, doch die sahen wir zum Glück nie. Er erzählte vom scharfen Kiefer der Dachse und ihrem kräftigen Biss. Er erklärte mir, dass wenn mich ein Dachs angreifen würde, ich den Mut haben müsse, ihm mit beiden Händen direkt ins Maul zu fassen und seine Kiefer mit aller Kraft auseinanderzudrücken. Das wäre die beste Chance, eine Auseinandersetzung mit einem Dachs unbeschadet zu überstehen. Diese Vorstellung trieb mir pures Grauen ins Mark. Wenn Großvater so etwas erzählte, war ich glücklicher denn je, ihn bei mir zu haben.

Oft sahen wir Feuersalamander, die, wie ich erfuhr, giftig waren. Ich durfte sie auf keinen Fall berühren, denn ihr Gift konnte Kopfschmerzen, Übelkeit, Schwindel und sogar Ohnmacht verursachen. Dennoch gefiel mir die Haut dieser Tiere und wie sie sich bewegten. Opa erklärte mir, dass Salamander Amphibien waren, was unter anderem hieße, dass sie es gern feucht und warm hätten. Sie könnten sich nicht selbstständig warmhalten und fielen deswegen im Winter in eine Starre, aus der sie erst im Frühling wiedererwachten.

Die Endstation unserer Spaziergänge im Wald war meist ein kleiner Tümpel, in dem wir die Entwicklung von Fröschen beobachten konnten. Frösche sind wie Salamander ebenfalls Amphibien. Großvater erklärte mir immer, wie weit die Frösche schon entwickelt waren und woran man das erkannte. Erst schlüpften sie als Kaulquappen aus den schleimigen Eiern, dann bekamen sie Hinterbeine, Vorderbeine, und zum Schluss verloren sie ihren Schwanz. Dann war aus ihnen ein Frosch geworden. Sie hüpften davon und waren verschwunden. Doch Großvater erzählte mir, dass jeder Frosch zu dem Tümpel zurückkam, aus dem er selbst geschlüpft war, um seine eigenen Eier abzulegen.

Ich war sicher, dass es irgendwo in der Welt Amphibien geben würde, die viel größer waren als ein Feuersalamander. Vielleicht größer als ein erwachsener Mann? Würde ich vor diesen dann Angst haben?

Großvater nannte mir jedes Gewächs beim Namen und berichtete mir nach genaueren Fragen auch gerne, ob es giftig war oder ob es heilende Wirkung besaß. Der Wald war wie Omas Garten, nur viel unordentlicher. Denn im Wald wuchsen sehr viele Dinge, die essbar waren und uns sehr guttaten. Opa und Oma brachten mir bei, mich stets bei der Natur zu bedanken, wenn ich mir etwas nahm. Das sollte mich nie vergessen lassen, dass die Schätze des Waldes zwar umsonst, doch immer noch wertvoll waren. Und einmal mehr hatten sie recht.

Über die unzähligen Spaziergänge hinweg erfuhr ich, dass die meisten Blüten und Pilze essbar waren. Großvater erklärte mir, dass die Menschen früher im Wald lebten und es so nur logisch sei, dass wir auf ihn zugeschnitten seien.

So auch an einem Tag im Frühling, noch bevor ich erfahren hatte, dass die Welt unendlich war.

Opa zupfte einige Blüten von einer schönen, knöchelhohen Blume ab, die verschiedene Farben hatten, und murmelte dabei ein leises: „Danke!". Er streckte mir seine geöffnete Hand mit den Blüten entgegen.

„Das hier ist Lungenkraut. Es ist leicht zu erkennen, da es meist rosafarbene, violette und blaue Blüten gleichzeitig hat. Das liegt daran, dass die jungen rosafarbenen Blüten, wenn sie bestäubt werden, ihre Farbe ändern. Das soll den Bienen bei ihrer Arbeit helfen."

Das Lungenkraut gefiel mir. Das unerfahrene Rosa und das lebenskluge Blau auf ein und derselben Pflanze ergaben einen angenehmen Widerspruch.

„Iss ruhig, die Blüten sind essbar und sehr gesund für die Lunge und die Atemwege. Wenn du einmal Husten hast, kannst du daran denken und dir einen Tee davon machen oder sie so essen. Deine Oma sammelt sie jedes Frühjahr für ihren Tee."

Neugierig aß ich sie und kaute sie andächtig. Die Blüten waren sehr zart, ich spürte sie kaum zwischen den Zähnen. Ich nahm einen tiefen Atemzug und spürte, wie mich die Luft von innen heraus durchströmte. Über die Lunge hatte ich schon einiges gehört. Doch ich wollte es genauer wissen.

„Was sind die Atemwege?"

„Die Atemwege sind Luftleitungen in und zu deiner Lunge. Es gibt viele davon. Die größte ist die Luftröhre, die du schon kennst, und diese teilt sich dann auf in die zwei Bronchien, welche die Luft in deinen rechten und linken Lungenflügel leiten."

Interessant.

„Wenn du willst, zeige ich dir nachher in einem meiner Bücher, wie die Lunge funktioniert."

Meine Augen begannen zu funkeln. Mit Großvater zu lesen war wunderbar. In seinen Büchern gab es meistens große Skizzen oder Baupläne von Menschen, Organen, Pflanzen, Maschinen oder Edelsteinen. Während er mir hin und wieder Begleittexte oder Beschriftungen vorlas, konnte ich mich in die Illustrationen vertiefen und es mir so bestens einprägen. Großvater hatte sehr viele Bücher. Manche waren dick, andere dünn, viele waren Teil einer ganzen Reihe davon. Er hatte sie in allen Farben und Größen, doch Großvaters Bücher hatten eine Gemeinsamkeit. Sie waren alle vollgefüllt mit Wissen.

Freudig nahm ich seine Hand und sagte: „Bitte!"

Großvater entwischte ein Schmunzeln. „Sehr gerne."

Während ich mir ausmalte, später mit Großvater in die Bücher zu sehen, fing in mir wieder ein Feuer zu lodern an.

„Ich will lesen lernen", sagte ich ehrlich. „Mehr als alles andere auf der Welt."

Großvater gefiel mein Wunsch.

„Das ist gut. Das Lesen wäre ein großer Schritt für dich."

Ich griff nach Großvaters Hand.

„Wünschst du dir auch etwas?", fragte ich neugierig. Er überlegte kurz und entschied sich dann.

„Ja, ich habe auch einen Wunsch." Mit einem Schatten im Gesicht drehte er sich zu mir.

„Ich will siebzig werden."

IV

Viele Monate danach betrat ich das Schulgebäude mit dem Ziel, Farbmischer, Eisverkäufer, Gärtner und Koch zu werden. Die Schule würde
mir das Nötigste beibringen und mir den Weg für
die Eroberung der Welt ebnen. Zuallererst müsste
ich lesen lernen.

Der Herr Direktor fragte mich am ersten Schultag, was ich mir von seiner Schule erwarten würde.
So sagte ich ihm genau das. Ich verlangte von ihm,
dass er mir lesen und schreiben beibringen sollte.
Er freute sich über meine Antwort, doch er schien
überrascht zu sein. Wäre das nicht die Antwort jedes Schülers in meiner Position gewesen? Ich
dachte nicht länger darüber nach.

Stolz spürte ich meine Schultasche auf meinem
Rücken, die voller unbeschriebener Hefte und Blö-
cke war. Ich würde sie mit Wissen füllen. Mit Fan-
tasiegeschichten, Zeichnungen, Erzählungen. Mit
Bauplänen und Skizzen, die erklärten, wie Maschinen funktionierten. Mit Landkarten, Namen von
Pflanzen, Tieren und Organen. Mit Forschungsbe-
richten, Rezepten, Anleitungen und Protokollen.

Das Lesen und das Schreiben würden mir all dies
eröffnen.

Ich würde endlich nicht mehr ratlos an Wegwei-
sern und Straßenschildern oder leuchtenden Wer-
bereklamen vorübergehen. Bücher nur mehr an
den Bildern und Einbänden beurteilen zu müssen,
würde der Vergangenheit angehören. Ich freute

mich auf die Schule, weil ich lesen können wollte, mehr als andere auf der Welt. In meiner Erinnerung ist die Vorfreude auf das Lesen die prägendste Emotion in meinem Leben gewesen. Bis heute habe ich mich auf nichts so gefreut.

Doch die Schule war anders, als ich sie mir vorgestellt hatte. Sie war langsam. Die gesamte erste Woche war eine einzige Tristesse. Viel zu wenig Zeit verbrachten wir damit, zu lernen, viel zu viel davon mit Bagatellen. Es war mir schlicht nicht wichtig, meinen Mitschülern zu erzählen, wie ich heiße, was meine Eltern arbeiteten oder welche meine Lieblingsfarbe war. Frau Huber trug unsere Geburtstage in einen Kalender ein und wir bekamen als Hausaufgabe auf, ein Foto dafür mitzubringen. Wir zeichneten den Umriss unserer Hände ab, formten Sesselkreise und erzählten uns unwichtige Geschichten.

Viele ungenutzte Stunden vergingen, bevor wir unseren ersten Buchstaben lernten. Ungeduldig schlug ich mein Heft auf. Frau Huber zeichnete langsam mit weißer Kreide auf die grüne Tafel. Linie für Linie, ein kleines und ein großes A. Oft sprach sie den Laut lange und deutlich aus. Aaaaa. Diesen Buchstaben kannte ich schon, aber ich freute mich trotzdem sehr, dass wir endlich mit dem Lesenlernen begonnen. Bewundernd musterte ich die kreidenen Buchstaben. Auf einer Tafel zu schreiben, musste sich besonders anfühlen. Doch jetzt galt es, die Welt zu erobern.

Ich nahm einen meiner nagelneuen Bleistifte zur Hand und begann langsam und sorgfältig in mein Heft zu übertragen. Freude durchströmte mich. Dies waren die ersten Zeilen in meiner Schullaufbahn. Ich fühlte Potenzial. Das Potenzial, mich zu entfalten. Ich spürte Möglichkeit. Ich fühlte Macht, und wie sie sich durch die Bewegungen meiner Hand auf dem Papier in Form von dünnen, zittrigen Linien manifestierte. So fühlte es sich an, wenn einem die Welt zu Füßen lag.

V

Am Tag, an dem ich zum zweiten Mal erwachte, trommelte der Regen unwirsch und taktlos gegen die Fenster. Es war der Tag, an dem Großvater mir die Welt zeigen würde. Die Flussschlange blähte sich schäumend auf und veränderte ihre Farbe von Smaragdgrün zu Hässlich-Braun. Sie drohte an, über ihre Ufer zu treten. Die Luft war trübe und roch nach Herbstbeginn.

Ich verbrachte diesen Nachmittag bei Großvater, und wir saßen zusammen bei Tisch über ein Buch gebeugt und lasen über Edelsteine. Nach meinen ersten Wochen in der Schule hatte sich mein Blick in die Bücher verändert. Während Großvater las, verweilte mein Auge nun nicht mehr nur auf den Bildern oder Skizzen, mittlerweile lag mein Blick auf den Zeilen. Ich bemühte mich, zu lesen, was Großvater mir vortrug, um so die Bedeutung einiger geschriebener Wörter zu erhaschen. Manche Buchstaben verstand ich, doch das meiste schlüpfte mir durch die Finger. Ich würde noch Zeit brauchen.

Wieder einmal lasen wir über Geoden. Mich faszinierte, dass ein Stein von außen so gewöhnlich und von innen so besonders und wunderschön sein konnte. Ich hatte mich schon oft auf die Suche gemacht, aber Geoden sind wirklich schwer auszumachen. Oft bat ich Großvater, mit mir in dem Buch mit dem orangefarbenen Einband und der Speckstein-Struktur auf dem Cover zu lesen, um mir die Merkmale solcher Steine einzuprägen. Opa hatte selbst eine kleine Sammlung von Steinen, die er gefunden hatte, auch mit kleinen Geoden. Wie er hatte ich begonnen, Steine zu sammeln.

Bewundernd betrachtete ich das Bild von der aufgeschnittenen Riesengeode, die größer war als der Mann, der danebenstand. Sie enthielt einen Rasen von unzähligen violetten Amethysten, die handtellergroß waren. Knapp unter dem Bild war in kleinen, schwarzen Lettern etwas aufgedruckt, einige der Buchstaben kannte ich bereits aus der Schule.

Ich versuchte zu lesen: „Gefuude ii Aagetiie ...“

Großvater half mir: „Gefunden in Argentinien, 1989.“

Argentinien. Hörte sich schön an. Und wenn es dort solche Steine gab ...

„Wo liegt Argentinien?“

„Argentinien liegt im Süden von Südamerika. Auf der anderen Seite des Atlantischen Ozeans.“

Mit staunenden Augen blickte ich Großvater an.

„Wo liegt Südamerika und der Atlantische Ozean?“

Gütig lächelte Großvater mir entgegen. „Ich zeige es dir.“

Ich löste meinen Blick von der argentinischen Geode und sah Großvater nach. Schwer atmend ging er zu seinem Bücherregal, das hunderte bunte Bücher fasste. Er wirkte angestrengt. Suchend strich er mit seinem Finger über die Buchrücken.

„Ich wollte dir schon länger mal die Welt zeigen“, sagte Großvater in entschuldigendem Tonfall. Ich wurde aufmerksam. Die Welt zeigen? Was meinte er damit? Seine Hand glitt über die kleinen dunkel-grünen Bücher hinweg, in denen Blumen aufgelistet waren, und über das karminrote, in dem ich mit Großvater schon über die Organe des menschlichen Körpers gelesen habe.

„Aber du warst immer geradezu versessen auf das Geologie-Journal. Du solltest dir überlegen, Geologe zu werden, wenn dich Steine so begeistern. Das ist eine sehr interessante Wissenschaft."

Ich fügte Geologe zu meiner Berufsliste hinzu.

Großvaters Finger blieb an einem vergissmeinnichtblauen, hohen, dünnen Buchrücken hängen. Er zog es heraus. Auf dem Cover war eine bunte Kugel mit Linien abgebildet. Er stieg von seinem Schemel und setzte sich wieder zu mir.

Mein Puls verschnellerte sich, ich war aufgeregt.

„Dieses Buch ist ein Atlas. In ihm findest du verschiedenste Karten von allen Gegenden der Welt."

„Die ganze Welt?", fragte ich ungläubig.

All die bunten Flüsse, die riesigen Bäume, die unendlich tiefen Meere, all die unerklimmbaren Gipfel. Ich blickte den Atlas an, als wäre er ein Goldbarren.

„Ja", bestätigte Großvater.

Nicht zu fassen. Die unendlich dunklen Gräben, die Weiden der fliegenden Pferde, die Lage des höchsten Berges der Welt. Alles in einem Buch verzeichnet? Etwas in mir wurde unruhig, ein Erwachen kündigte sich an.

Ich hatte viele Fragen, und Opa war gewillt, mir diese zu beantworten.

Das Erwachen geschah stufenweise.

Erst zeigte mir Großvater, wo Argentinien lag. Er erklärte mir, dass Südamerika einer von sieben Kontinenten war. Dass die Erde eine Kugel war, und einen Umfang von 40.000 Kilometern hatte. Was eine Zahl war, die ich mir nicht vorstellen konnte. Dann zeigte er mir Europa, Afrika, Nordamerika und Asien. Er erzählte, würde man die Bevölkerung Chinas bitten, sich in einer Reihe aufzustellen und an einem vorüberzugehen, würde die Schlange nie aufhören, weil immer schneller neue Menschen dazukommen würden. Die Welt zeigte er mir am Ende des Atlasses, denn da war sie als Ganzes abgebildet. Auf einer einzigen Doppelseite hatte sie Platz. Mein Kopf drehte sich. Was war das für ein Buch? Großvater schien geradezu hingerissen von der Dimension der Welt. Er betonte immer wieder, wie groß die Erde war. Doch was redete er da? Er wollte mir weismachen, die Welt sei groß, während er gleichzeitig ein Buch in der Hand hielt, das eindeutig das Gegenteil bewies.

An jenem Tag, an dem der Regen taktlos an die Fenster klopfte, hatte ich Schwierigkeiten zu träumen. Ich konnte einfach nicht schlafen. Mein Kopf fühlte sich an, als würde er vor Fragen explodieren. Die Welt war also nicht unendlich. Aber wie groß war sie dann? Wie groß war Asien, und wie hoch war der höchste Berg der Welt? War die Donnerspitze der höchste Berg der Welt? Wo gab es die größten Bäume, den längsten Fluss, gab es

überhaupt fliegende Pferde und mannshohe Salamander? Wie tief war der tiefste Graben, wie weit
das weiteste Meer? Wie alt war die Welt? Wie lang
die längste Straße, wie bunt die bunteste Blume?
Wie viele Menschen gab es, wie viele Sprachen sprachen sie?

Jene Nacht, die dem Tag folgte, an dem ich zum
zweiten Mal erwacht war, war keine gute Nacht. Sie
war eine Nacht voller Fragen, auf die ich keine Antwort zu finden wusste. Auf meinem Weg, die Welt
zu erobern, hatte ich wiederholt keine Ahnung, was
auf mich zukommen würde.

VI

Wie sich zeigte, stand ich keineswegs vor einer unlösbaren Aufgabe. Denn ich hatte Großvater, und Großvater hatte seine Bücher. Mithilfe des Atlasses beantwortete er mir in den ersten Wochen des Herbstes alle Fragen, die die Größe der Welt betrafen, und langsam begriff ich, wie groß die Welt war. Er zeigte mir den höchsten Berg der Welt, und er erklärte mir, dass er achtmal höher war als die Donnerspitze und man auf seinem Gipfel nicht mehr normal atmen konnte, weil die Luft, je höher man stieg, immer dünner wurde. Nur die wenigsten Menschen hätten ihn bestiegen, und dass viele daran scheiterten. Wobei scheitern meist bedeutete, dass sie abstürzten oder erfroren. Ich verstand noch nicht richtig, was es hieß, zu erfrieren, aber es hatte etwas mit Schnee zu tun. Außerdem gäbe es einen weiteren wesentlichen Unterschied, denn im Himalaja, an der Grenze Chinas zu Nepal, wäre das Klima tropisch. Überall im Tal wäre dort Dschungel und bis zur Mitte des höchsten Berges der Welt wäre die Welt warm und fruchtbar. Wenigstens hatte ich mich in dieser Hinsicht nicht geirrt.

Er erklärte mir, dass Flussläufe, Gebirge und Kontinente keineswegs fixe Gebilde waren, ständig würden Flüsse ihre Linien ändern und Berge wachsen oder schrumpfen. Etwas Ähnliches hatten wir bereits im Geologie-Journal gelesen, außerdem erinnerte ich mich an die Besteigung des höchsten

Berges in meiner unendlichen Welt. Im Übrigen ergab es sich nie, dass ich den Gipfel dieses Berges sah, denn noch bevor ich ihn erreicht hatte, hatte er sich in Luft aufgelöst und meine Welt war auf die Größe der Erde geschrumpft. Was das bedeutete, würde mir erst etwas später klar werden. Meine Träume versiegten und ich konzentrierte mich auf die Realität. Ich tröstete mich mit Großvaters Atlas.

Großvater zeigte auf, dass es sieben Weltmeere gab, und eines davon sogar die Hälfte des gesamten Globus einnahm. Dieses wäre der Pazifische Ozean, welcher an einer Stelle noch viel tiefer als der höchste Berg der Welt hoch wäre. Dort unten wären erst sehr wenige Menschen gewesen und man ginge davon aus, dass der Marianengraben eine völlig eigene Tierwelt verbärge.

Diese Welt war groß, das war gewiss, sonst würde Großvater nicht so begeistert von ihr reden. Doch wie groß diese Welt war, würde mir erst bewusst werden, als Großvater das glänzende schwarze Buch mit der gelben Kugel holte.

VII

Wie schon beim Atlas strichen Großvaters Finger über die Rücken seiner Bücher, hinweg über das karminrote, das orangefarbene, die grünen. Vorbei am Vogelbuch, am Blumenbuch, am Wörterbuch, vorbei am Geologie-Journal. Auch vorbei an den großen lilafarbenen Geschichtsbüchern, die Großvater sehr gefielen, mich jedoch überhaupt nicht interessierten. Als er an dem schwarzen mit der gelben Kugel stehenblieb, schärfte sich meine Aufmerksamkeit. Dieses Buch war neu.

„Das ist mein illustriertes Astronomie-Lexikon", erklärte er. Großvater setzte sich neben mich und schlug das Buch nicht auf. Er legte seine flache Hand auf den Buchdeckel und sah mich mit geradem Rücken an. Ich wusste, dass es jetzt wichtig war, aufmerksam zuzuhören.

„Du wolltest doch immer wissen, wie groß die Welt ist. Ich finde, der Atlas ist die beste Möglichkeit, um das zu begreifen. Doch ich denke, viel wichtiger noch als zu erfassen, wie groß unsere Welt ist, ist es, zu erkennen, wie klein sie in Wahrheit ist."

Was meinte Großvater damit?

„Du weißt bereits sehr viele Dinge. Du weißt, dass Feuersalamander und Frösche Amphibien sind. Du kennst die wichtigsten Pflanzen und Tiere unserer Umgebung und weißt, mit der Natur umzugehen. Wenn du an dir hinunterblickst, weißt du, wo verschiedene Organe liegen und was ihre

Aufgaben sind. Seit einigen Wochen kennst du die Namen der Kontinente, der höchsten Berge und der tiefsten Schluchten. Du kennst Märchen und Geschichten und du beherrschst nahezu das Lesen."

All das stimmte.

„Kurz gefasst, du findest dich bereits gut zurecht in unserer Welt. All diese Dinge sind sehr wichtig. Dinge dieser Art sind die wahrscheinlich wertvollsten, die du in deinem Leben lernen wirst. Manche Menschen werden nie das Glück haben, ein Vergissmeinnicht zu sehen, oder Faszination in der Entwicklung von Fröschen zu erleben."

Die Entwicklung von Fröschen war tatsächlich faszinierend. Und Vergissmeinnichtblau hatte Orange als meine Lieblingsfarbe abgelöst.

„Doch wie klein unsere Welt ist, ist etwas, das nur ausgewählte Menschen begreifen."

Er schloss ab und wartete kurz. Dann schlug er langsam die ersten Seiten auf. Auf einer Doppelseite war am linken Rand die große gelbe Kugel zu sehen, die auch auf dem Buchdeckel abgebildet war. Diese war mit „Sonne" beschriftet, ein Wort, das ich bereits lesen konnte. Danach waren nach rechts, immer weiter von der Sonne entfernt, vier kleinere und dann vier größere Kugeln abgebildet. Mein Blick verharrte auf der zweitgrößten Kugel, denn diese hatte schöne Ringe. Ihre etwas größere Nachbarin war bunt und der große rote Punkt wirkte auf mich wie ein Auge. Die dritte, einzige blaue der vier kleinen, trug den Namen „Erde". Ich hatte dieses Wort schon oft im Atlas gelesen. Von der Größe her erinnerte sie mich an eine kleine Walnussschale.

Großvater fing zu erklären an: „Das ist eine Skizze unseres Sonnensystems. Das ist die Sonne." Er legte seinen Zeigefinger auf die gelbe Kugel. „Jeder dieser Bälle ist ein Planet, und alle kreisen sie um die Sonne. Die vier inneren heißen Gesteinsplaneten. Einer davon ist unsere Welt, die Erde. Die übrigen bestehen aus Gas oder Eis."

„Kreist auch die Erde um die Sonne?", fragte ich.

„Ja, auch die Erde kreist um die Sonne. Eine ganze Umrundung dauert genau ein Jahr."

Ich war fasziniert.

„Warum hat der große Planet da ein Auge?"

„Dieser Planet heißt Jupiter. Er ist der größte unseres Sonnensystems. Das Auge, das du da siehst, ist in Wahrheit ein gigantischer Wirbelsturm. Er ist so groß, dass die gesamte Erde hineinpassen würde."

Großvater beantwortete mir an diesem Tag noch viele Fragen. Bis mich Mutter abholen kam, gingen mir die Fragen nicht aus. Erst als mir Großvater versprach, beim nächsten Mal wieder mit mir im illustrierten Astronomie-Lexikon zu lesen, war ich zufrieden, mit Mutter mitzukommen.

VIII

Auch zu Hause gab es einen Atlas. Mutter und Vater erkannten, dass ich Spaß daran hatte, mir Ländergrenzen und Küstenlinien einzuprägen, also sagten sie, ich dürfte ihn in meinem Zimmer haben. Ich behandelte meinen Atlas wie eine Porzellankiste; den gesamten Herbst lag er auf meinem Schreibtisch. Bei jeder Gelegenheit schlug ich ihn auf und verlor mich in der Welt. Unendlich langsam fuhr ich mit meinem Finger den Amazonas nach, genauestens verfolgte ich jede Schlinge und Kehre. Links und rechts meines Fingers: hunderte Kilometer wildester Dschungel. Ich merkte mir die Lage des Himalajas und der Anden. Irgendwann würde ich dort sein und den Amazonas durchschwimmen, den Mount Everest besteigen und den Nil bezwingen. Die Küsten Afrikas erforschen und mich von Alaska bis nach Feuerland durchschlagen. Ich würde die Sprachen aller Länder lernen und die Früchte aller Pflanzen kosten. Jetzt, da ich wusste, wie klein die Erde war, würde mir das alles unsagbar leicht von der Hand gehen. Ich würde die gesamte Bevölkerung Chinas treffen und ihren Märchen und Geschichten lauschen. Ich würde sie in meine Hefte schreiben und allen vorlesen. Zu diesem Zwecke würde ich Geologe, Geograf, Eisverkäufer, Farbmischer, Koch, Gärtner und Astronom werden.

Großvater zeigte mir in den nächsten Wochen, dass unsere Welt, von den meisten Punkten im Sonnensystem gesehen, ein Stern war. So wie der Mars und die Venus von der Erde aus gesehen Sterne waren. Da ich nun wusste, wie groß die Welt war, welche Form sie hatte, und wie hoch der höchste Berg der Welt war, fragte ich Großvater, ob man vom Gipfel des Mount Everest seine eigene Rückseite sehen konnte. Er wusste bestimmt, dass die Erde dafür viel zu groß war.

Die Welt, in der ich von nun an lebte, war groß. Doch zugleich war sie sehr, sehr klein. Alles an ihr wäre erlebbar und würde sich in kürzester Zeit für mich erschließen. Alle Länder des Atlasses zu bereisen, wirkte wie eine große Aufgabe. Doch in Wahrheit würde ich sie in meinem Leben früh abschließen. Diese Welt, die nicht größer als ein vergissmeinnichtblaues Buch, und in Wirklichkeit noch viel kleiner war, wäre leicht zu erobern. Um mir diese Welt zu kaufen, müsste ich nicht viel Aufwand betreiben. Diese Welt wäre klein und billig.

DRITTER TEIL

DAS LEBEN IST KURZ

I

Mein Leben verlief lange Zeit nicht in die rechte Richtung. Zukunft wurde zu Vergangenheit und der Tag begann stets mit der Nacht. Bevor ich einschlief, war ich nervös, die Vergangenheit zu verlassen, und mich in die Zukunft zu begeben. Denn selten, wie bei der Besteigung des höchsten Berges der Welt, wusste ich, was mich erwartete. Meist war die Zukunft hell und schön, voll mit Farben und Pflanzen, doch manchmal enthielt sie Erinnerungen. Erinnerungen an eine Vergangenheit, die dunkel war, und hässlich. Wenn sich die Erinnerung in die Zukunft verirrt, geht die Zeit kaputt. Die Nacht wird dann zur Hölle, und sie dauert ewig. Man ist ein Gefangener der Schatten. Es kann passieren, dass man aufwacht, und trotzdem einfach weiterschläft, dabei aber nicht weiß, dass man noch träumt, von der Zukunft. Und man hält die Zukunft für die Vergangenheit, und denkt, es sei die Realität. Bis diese Realität dann unerträglich schlimm wird und man sich zwingt aufzuwachen, unzählige Male, bis es dann zu Ende geht, nach Tagen, Wochen oder Jahren, und man der Vergangenheit nicht traut, seine Erinnerungen anzweifelt und alle paar Sekunden Blicke über seine Schulter wirft, weil die Welt, die man nicht sehen kann, nach einem greift. Weil einen die Zukunft bis in die

Vergangenheit verfolgt, und einen wahnsinnig macht, sodass man sich weigert, zu schlafen, sich weigert, jemandem den Rücken zuzukehren, oder sich weigert, nicht hinter Ecken sehen zu können.

Nie verstand ein Mensch außer mir, was es für mich bedeutete, im Dunkeln zu schlafen. Während das Schlafen selbst schon eine schreckliche Faszination auf mich ausübte, waren es die Schatten und die Dunkelheit, die die Nacht so geheimnisvoll machten. Ende Herbst meines sechsten Lebensjahres war das besonders schlimm. Ich träumte, dass ich trauerte. Ich wusste nicht, worum ich trauerte, doch dieses Gefühl der Leere und der Kälte, dieses Gefühl des Verlassenwerdens füllte mich. Diese Nacht war eine der Nächte, in der die Welt weinte und die Zeit kaputtging. Diese Nacht dauerte sehr, sehr lange. Ich verbrachte Jahre damit, zu weinen, aufzuwachen, zu weinen, aufzuwachen, zu trauern, aufzuwachen, immer und immer wieder. Diese Zukunft war keine schöne Zukunft, diese Zukunft war eine Erinnerung.

Ich hatte diesen Traum nur ein einziges Mal in meinem Leben, doch das genügte. Es erfüllte mich mit Schrecken und Angst, er könnte wieder geschehen. Ich fürchtete mich dermaßen davor, zu schlafen, dass ich viele Nächte gar nicht schlief. Die Angst verfolgte mich überallhin, und so auch in die Vergangenheit. Aus dem Bett zum Frühstück, vom Frühstück zur Schule, von der Schule nach Hause und vom Abendessen ins Bett, wo sie ihren Höchststand erreichte.

Mein Zimmer war L-förmig und mein Bett schlecht gestellt, was bedeutete, dass ich auch unter dem schwachen Licht einer Nachtlampe nur einen Teil des Zimmers sehen konnte. Der andere, viel zu große Teil, der unausgeleuchtet und somit dunkel war, verbarg sich vor meinen Augen. Der Schein warf eine hauchdünne Linie aus Licht über den Fußboden leicht schräg zur gegenüberliegenden Wand, und stellte eine Grenze dar. Die Grenze zwischen Hell und Dunkel, zwischen Vergangenheit und Zukunft, zwischen Erinnerung und Traum. Bevor ich das erste Mal erlebt hatte, was passierte, wenn sich diese zwei vermischten, und sich Erinnerungen in die Träume schlichen, konnte ich diese Grenze ausblenden. Doch seit dieser jahrelangen Nacht voller Trauer jagte mir ihre Filigranität Angst ein. Ich beobachtete sie ständig und würde so verhindern, dass die Schatten ins Licht treten und mir ihr hässliches Gesicht zeigen würden. Immer wieder schlug ich, wenn ich fahrlässigerweise eingenickt war, verschreckt die Augen auf und befürchtete das Schlimmste. Panisch suchte ich dann die Grenze nach illegalen Einwanderern ab. Dieses Verhalten brachte mich beinahe um meinen Verstand.

Lange änderte sich nichts, bis das Wasser an den Halmen der Wiesen zum ersten Mal zu Reif gefror.

Dieser Sommer war kein guter Sommer für Großvater gewesen. Die Schatten in seinem Gesicht waren immer länger geworden und ich hatte befürchtet, bald nur noch Schatten ausmachen zu können. Hin und wieder hatte Großvater ins Krankenhaus gemusst, manchmal für ein paar Tage oder eine Woche. Seit etwa einem Jahr erzählte man mir, dass er krank war, ich ihm aber nicht helfen könne. Sonst war das nicht sehr schlimm, doch je näher der Herbst gerückt war, desto schlechter war es Großvater ergangen.

Bis es ihm im September plötzlich wieder gut gegangen war. Er war nur noch sehr selten im Krankenhaus gewesen und wir hatten mehr Zeit denn je zusammen verbracht. In den Monaten bis Mitte November hatte mir Großvater gezeigt, wie groß und wie klein die Welt war. Wir hatten Kastanientiere gebaut und das Universum erforscht. Er hatte mir gezeigt, dass die Welt leicht zu erobern und von den meisten Punkten im Universum ein Stern war.

An einem Novembertag, an dem die Tage schon kurz wurden und ich bereits einfache Sätze lesen konnte, kehrte Weihnachtstimmung ein. Am Morgen war das Wasser an den Halmen der Wiesen zu Reif gefroren, der Winter stand vor der Tür. Auch an diesem Tag war ich nach der Schule zu Besuch bei Großvater. Beide standen wir am Fenster, um die Vögel zu beobachten, während Großmutter mit

Kaffee am Tisch saß und uns beobachtete. Wenn ich bei Großmutter und Großvater war und Opa hinter mir stand, musste ich nicht andauernd hinter mich sehen.

Bis zu diesem Zeitpunkt war im Schatten des Hauses meiner Großeltern Eis auf den Halmen, und der Atem war auf meinem Weg zur und von der Schule zu Nebel geworden. An diesem Tag war es kalt, und die Vögel hatten Hunger. Im Schatten des Hauses meiner Großeltern befanden sich mehrere Vogelfutterkrippen und seichte Becher mit Wasser, aus denen die Vögel trinken oder darin ihr Gefieder waschen durften. An einem kalten Wintertag kamen besonders viele Vögel zu den Krippen von Oma und Opa, denn im Winter gab es keine Insekten und nur wenige Körner.

Die Vögel waren sehr scheu. Großvater erklärte mir, wenn es mir gelingen würde, meinen Kopf so zu drehen, dass mein Gesicht von ihnen wegschaute, und ich sie lediglich mit meinen Augen fixierte, dann würden sie sich täuschen lassen und glauben, sie wären unbeobachtet. So standen wir beide mit zur Seite gerichteten Gesichtern da, während wir gebannt die Vögel beobachteten.

Wenn Großvater und ich gemeinsam etwas beobachteten, kam es mir vor, als würde alle und gar keine Zeit vergehen. Wir sahen unwirsche Spatzen, die mit ihren klobigen Schnäbeln die Körner schwungweise aus den Futternetzen rissen und damit den gesamten Boden übersäten. Wir sahen überlegte Kleiber, die an den Rändern der

Trinkbecken saßen und diese bewachten. Hin und wieder verscheuchten Amseln die Spatzen von den Futterkörben, und machten so den Weg frei für die schüchternen Meisen. Die kleinen, grau-gelben Kohlmeisen mit ihren schwarzweißen Köpfchen hatten sich im Geäst der Stechpalme versteckt und nur auf so eine Gelegenheit gewartet. Hin und wieder mischte sich unauffällig eine Blaumeise unter sie, was sie nicht störte. Die besonders kleinen, hauchrosafarbenen Schwanzmeisen kamen nur selten zum Zug, meist hielten sie sich abseits und vertrauten auf die zusätzlichen Futterbeutel, die Großmutter extra für sie im tiefen Geäst der Stechpalmen versteckte. Wenn man wusste, wo man hinsehen musste, sah man meist ein Rotkehlchen schüchtern aus dichtem Unterholz hervorhüpfen und unbemerkt die Körner aufsammeln, die die Spatzen so großzügig und unwirsch auf den Boden fallen gelassen hatten. Doch das waren längst nicht alle Besucher. An den Stämmen der Bäume beobachteten wir Baumläufer, Blauhäher und ungern gesehene Habichte. Seltener beehrten uns Zaunkönige, Grünfinken oder Buntspechte. In der Ferne sah ich Storche, Bussarde und Turmfalken. Außerdem erzählte mir Großvater von seiner Reise nach Sardinien, bei der er Gänsegeier gesehen hatte, welche große, hässliche Vögel mit breiten, hakenförmigen Schnäbeln wären, die sich von verendeten Tieren ernährten. Ihre Flügelspannweite wäre gewaltig und die Faszination, die diese Tiere auf Großvater ausübten, war durch seine Stimme wahrzunehmen.

Auch heute erzählte mir Großvater nach langem Beobachten von seiner einmaligen Reise nach Kanada. Durch meine Atlas-Studien wusste ich, dass Kanada ein großes Land in Nordamerika war, das so wie Argentinien auf der anderen Seite des Atlantischen Ozeans lag. Er erzählte mir vom in Kanada heimischen Weißkopfseeadler, der eine Flügelspannweite von bis zu zweieinhalb Metern erreichen konnte. Mit seinen kräftigen Klauen konnte er mehrere Kilo schwere Lachse aus den Seen und Flüssen der kanadischen Berge ziehen. Kanada sei ein faszinierendes Land und immer eine Reise wert, so Großvater. Es gäbe dort viele faszinierende Tiere, wie Bären, Vielfraße, Wölfe und Pumas. Während Großvater von Ahornsirup, kristallklaren Seen und endlos weiten, naturbelassenen Wäldern berichtete, fragte ich mich, wie viel er bereits von der Welt gesehen hatte. Ich wusste, dass er schon lange lebte, doch schon lange genug, um die entlegensten Winkel der Erde bereits gesehen zu haben? Die Welt war klein und billig, doch hatte Großvater sie bereits gekauft? Wie lange dauerte es, unsere Welt zu erobern? Großvater redete noch lange über Stinktiere und Kondore, und ich genoss seine Ausführungen. Je länger er sprach, desto sicherer war ich, die Antwort auf die Frage, ob Großvater bereits die Welt erobert hatte, zu kennen.

„Warst du schon in allen Ländern der Welt?"

Großmutter, die meine Frage gehört hatte, lachte herzlich. Warum, konnte ich mir nicht erklären.

Auch Großvater ließ ein Schmunzeln hören. „Nein, das war ich nicht. Aber das war fast niemand."

Warum das zum Lachen war, verstand ich ebenso wenig. Eher empfand ich es als katastrophal. Wenn es so leicht war, die Welt zu erobern, warum hatten sich die Erwachsenen dann nicht schon längst auf den Weg gemacht? Ab der Antwort von Großvater wurde ich still an diesem Tag. Während ich nachdachte, ließ ich mir von ihm noch vieles über Robben und Eisbären erzählen, aber ich konnte mich nicht so sehr dafür begeistern. Viel zu weitreichend war die Antwort von Großvater. War ich vielleicht sogar allein mit meinem Wunsch, die Welt zu erobern? Hatte ich je jemanden außer mir getroffen, der ihn geäußert hatte? Ich konnte mich nicht erinnern. Nicht einmal konnte ich festmachen, ob ich erwartet hatte, bei meiner Reise in die Welt Gefährten zu haben. Wenn ich mich an die Besteigung des höchsten Berges der unendlichen Welt erinnerte, war ich allein gewesen. Auch war ich bei der Erforschung des Amazonas und des Nils allein gewesen. Zu Schulanfang hatten wir Berufswünsche ausgetauscht. Viele meiner Mitschüler hatten gar keine Vorstellung davon oder wollten Astronaut, Feuerwehrmann oder Polizist werden. Nur wenige wollten Koch, einer wollte auch Gärtner und niemand sonst wollte Farbmischer werden. War ich der Einzige, der die Welt zum Ziel hatte?

III

Die Eroberung der Welt war, wie ich gemerkt hatte, ein einsames Unterfangen. Je weiter ich kam, desto weniger Begleiter hatte ich. Doch das störte mich nicht. Ich lag gut im Kurs, denn mein sechstes Lebensjahr war noch lange nicht zu Ende, und Anfang Advent konnte ich lesen und schreiben. Außerdem lehrte mich Frau Huber, Worte richtig nach dem Alphabet zu ordnen. Ich freundete mich mit der neuen Möglichkeit, mein Denken zu systematisieren, sogleich an, und ordnete alles Mögliche nach dem Alphabet. Namen von Organen, Blumen, Vögeln und Bergen. Immer wenn mir langweilig war, nutzte ich die Zeit, um irgendetwas nach dem Alphabet zu ordnen. Nichts wirkte so beruhigend auf mich. Mir kam zu Ohren, dass Menschen, die Bücher schreiben, Autoren sind. Also fügte ich Autor zu meiner Liste der Berufe hinzu, und ordnete sie sogleich nach dem Alphabet. Nach S kommt U nach A kommt E nach E kommt F nach F kommt G nach A kommt E nach G kommt L nach G kommt K. Astronom, Autor, Eisverkäufer, Farbmischer, Gärtner, Geograf, Geologe, Koch. Ich war zufrieden mit dieser Liste, die nach dem Alphabet geordnet noch viel besser wurde. Allerdings fiel mir auf, dass ich drei Berufe mit G auf meiner Liste hatte und keinen mit M, L, oder P. Gleichzeitig war keiner der Berufe mit G verzichtbar, also nahm ich als Platzhalter doch noch Polizist auf, um eine gleichmäßigere Verteilung zu schaffen.

Ich hatte mich jedes Jahr auf Weihnachten gefreut, doch auf dieses freute ich mich ganz besonders. Denn es war das erste Weihnachten, an dem ich lesen konnte, was mir eine Bescherung voller Bücher in Aussicht stellte. Da ich es konnte, schrieb ich dem Christkind einen höflichen, aber bestimmten Brief. Als ich fertig war, unterstrich ich das Wort Bücher mit meinem roten Stift auf dem ersten selbst geschriebenen Wunschzettel meines Lebens ein zweites Mal. Und nachdem meine Mutter den Brief immer und immer wieder kontrolliert und mir zigmal versichert hatte, dass wirklich keine Fehler enthalten waren, legte ich ihn am ersten Advent gut sichtbar außen auf den Fenstersims meines Zimmers. Ich beschwerte ihn vorsichtig mit drei kleinen Steinen und wartete. Ich zeigte mich von meiner besten Seite und nach zwei Tagen restlosen Aufessens war die Fensterbank leer.

IV

All diese Dinge hatten zum Vorteil, dass sie mich von den Schatten in meinem Zimmer ablenkten. Immer wenn ich nervös wurde, fing ich an, etwas nach dem Alphabet zu ordnen. Und als letzter Pfeil im Köcher blieb mir noch die Vorfreude auf Weihnachten.

Jetzt waren es noch fünfzehn Tage bis Weihnachten, und wieder war ich bei Großvater zu Besuch. Er war still geworden. Er aß nicht und trank nur sehr wenig. Außerdem schien er Schmerzen zu haben. Von seinem weißen Schnurrbart fehlten einige Haare und er wirkte dünner als sonst. Sein Ausdruck wirkte unehrlich, seine Augen und Fingernägel waren gelb. Er sah genauso aus wie im Sommer.

Da er selbst nicht so viel redete wie gewöhnlich und ich ihm nicht helfen konnte, erzählte ich ihm von meinem Bücherwunsch und dem Brief ans Christkind. Ich erzählte von den Büchern, die mich an Heiligabend erwarteten, und davon, dass ich auch noch Autor werden wollte. Ich erklärte ihm, dass das Ordnen von Wörtern nach dem Alphabet eine komplizierte Angelegenheit war. Man musste dabei nämlich immer eins weiterrücken, wenn die ersten Buchstaben gleich waren. Bei Geologe und Geograf war es sogar der vierte. Doch Großvater schien nicht so aufmerksam zuzuhören wie gewöhnlich. Er schien mit etwas anderem beschäftigt zu sein. Also hörte ich auf zu reden und schwieg für einige Minuten.

„Was wünschst du dir vom Christkind?", fragte ich.

In Großvaters Augen erschien für einige Augenblicke ein Glitzern. Er lächelte sanft. Er überlegte
kurz und sagte dann: „Ich wünsche mir, mit dir an
Weihnachten in deinen Büchern zu lesen."

Ich freute mich schon darauf. Trotzdem war das
ein dummer Wunsch. Wenn er sich auch Bücher
wünschen würde, hätten wir mehr zu lesen.

V

Viel zu früh in meinem Leben merkte ich, dass es letzte Dinge gibt. Es gibt letzte Mahlzeiten, letzte Kastanientiere, letzte Gespräche. Letzte Begegnungen, letzte Zeilen, das letzte Mal im Zirkus. Und fast nie weiß man, dass es das letzte Mal ist. Hätte ich gewusst, dass dies mein letztes Gespräch mit Großvater war, hätte ich vermutlich nicht mit ihm über Weihnachtswünsche oder das Alphabet gesprochen. Vermutlich hätten wir gar nicht aufgehört zu reden, über das Sonnensystem oder über den menschlichen Körper, dann hätte Großvater gar keine Zeit gehabt zu sterben.

Wir hätten bis in alle Ewigkeit miteinander gesprochen, hätten gemeinsam die Welt erobert, wir hätten den Mount Everest bestiegen, gemeinsam den Nil bezwungen und den Amazonas durchschwommen. Wenn ich gewusst hätte, dass das mein letzter Besuch bei Großvater war, hätte ich ihn bei der Hand genommen und wäre mit ihm nach Kanada gewandert. Wir hätten auf unserer Reise Gänsegeier und Weißkopfseeadler gesehen. Wir wären auf Indischen Elefanten und Breitmaulnashörnern geritten. Wir hätten Bhutan und Nepal erforscht, mit nichts als zusammengeknüpften Bettlaken alle Achttausender des Himalajas bestiegen und die Wüste Gobi durchstreift. Wir hätten unsere Zehen in die warme Asche eines japanischen Vulkans gegraben und im unerforschten Dschungel Indonesiens mit einer unentdeckten

Affenart Karten gespielt. Und alles wäre es das letzte Mal gewesen, doch besser, und mehr.

VI

Mit Großvaters Tod erwachte ich aus der billigen, leicht zu erobernden Welt. Doch dieses Erwachen war anders. Aus der unbekannten Welt war ich fließend erwacht, wie auf einer Wasserrutsche, und aus der unendlichen Welt war ich stufenweise erwacht, und Großvater war da gewesen. Dieses Mal geschah es schlagartig, und Großvater war tot. Doch mein Erwachen drang erst nicht in die zukünftige Welt vor.

In der Nacht, die auf den Tag folgte, an dem ich schlagartig erwacht war, träumte ich einen skurrilen Traum, der sich anfühlte, als würde ich mich an ihn erinnern. Ich stand auf einer freien Fläche, die zu allen Seiten hin in Dunkelheit endete. In meiner Hand hielt ich einen fußballgroßen Globus. Es war ein schönes, besonders detailreiches Exemplar. In feinen schwarzen Linien zeigte er die komplizierten Küsten Russlands und Norwegens. Alles war mit größter Präzision per Hand gezeichnet und schattiert. Sogar die Unterwasserstrukturen. Die Gräben an den Philippinen und den Marianen, der Nordatlantische Rücken und die seichten Bänke der Nordsee. Sanft fühlte ich die glatte Oberfläche der Karte. Sie fühlte sich kalt und hart an. In mir pulsierte die vertraute Gewissheit, einmal all diese Dinge zu sehen. Als ich über Südafrika strich, spürte ich eine kleine Falte. Schade, dachte ich. Das Werk war ansonsten völlig makellos. Doch als ich ihn weiterdrehte, spürte ich eine weitere

Furche, mitten im Indischen Ozean. Ob sie mir entgangen war? Je weiter ich ihn drehte, desto mehr Falten fielen mir auf. Wo sie anfangs nur mit dem Finger zu erfühlen waren, waren jetzt auch tiefe, große Huckel, die unschöne Schatten warfen. Was ging hier vor? Panisch drehte ich den Globus in meiner Hand. Bis er plötzlich mit einem leisen „Plopp!" aus seiner Fassung fiel und auf dem Boden umherrollte. Ich beobachtete, wie er immer schrumpeliger und kleiner wurde, und nach wenigen Sekunden lag an seiner Stelle eine Walnuss. Nur die Farben waren geblieben. Ich hob sie auf. Die Nuss passte spielend in meine Hand, wenn ich wollte, konnte ich fast meine Faust um sie schließen. Ich stellte die leere Globusfassung auf den Boden ab. Fasziniert besah ich mir die kleine Nusswelt. Alles war noch da, die Gebirge, die Meere, die Gletscher, die Flüsse. Nur sehr, sehr klein. Und gerade, als ich im Begriff war, mich mit der kleinen, schrumpeligen Nusswelt anzufreunden, verschwand der Boden und es gab gar nichts mehr. Ich begann zu fallen und die Nuss blieb, und ich fiel auf sie zu. Immer und immer weiter, bis ich über der Nussoberfläche Wolken sah und Gebirge und Flüsse. Ich fiel immer weiter, bis sich mein Unten in Richtung der gewaltigen Nussschale ausrichtete und mein Fall zu einem ausgewachsenen, richtigen Fall wurde und Panik in mir hochstieg. Just, als ich anfing zu schreien, war es vorbei.

VII

Diese Zeit war eine Zeit des Lernens und der Enttäuschung. Ich lernte, kurze Geschichten zu schreiben, und war enttäuscht, sie Großvater nicht vorlesen zu können. Ich lernte, Blockflöte zu spielen, und war enttäuscht, Großvater nicht vorspielen zu können. Ich lernte mein erstes Gedicht auswendig und war enttäuscht, es Großvater nicht vortragen zu können. Ich lernte zu trauern und war enttäuscht, dass Großvater nicht da war.

Während also das Leben am Tag ein Leben des Eroberns und der Enttäuschung war, war das Leben in der Nacht ein Leben der fürchterlichen Erkenntnis und der Angst, was wohl als Nächstes geschehen würde. Denn so abrupt der erste Teil des Traumes geendet hatte, mit solch einer grauenhaften Gewissheit erwartete ich, dass er sich fortsetzen würde.

Und ich sollte recht behalten.

Als ich mich aufrappelte, fand ich mich in einer Welt wieder, die auf den ersten Blick der realen Welt auf das Haar zu gleichen schien. Ich sah Wälder, Flüsse, Straßen, Menschen, Berge, Tiere, Blumen, Sterne und Steine. Ich wohnte zu Hause und ging in dieselbe Schule, lernte allerhand Dinge, an die ich mich nicht mehr erinnern kann. Zu schlafen brauchte ich nicht. Auch Gefühle gab es hier. Ich fühlte mich elend, wenn ich verlor, und fühlte mich großartig, wenn ich gewann. Ich begriff, dass ich alles erreichen konnte, und standesmäßig früh im Leben in der neuen Welt beschloss ich, sie zu erobern. Ich würde alle ihre Sprachen lernen, alle ihre Menschen treffen, alle ihre Geschichten lesen und alles dafür tun, was nötig war, um mir diese Welt zu eigen zu machen. Ich wendete mein vergangenes Vorgehen auf die neue, zukünftige Welt an. Doch die Zeit verlief anders, wenn ich schlief, also schritt ich schnell über den Punkt hinaus, an dem ich mich bei Großvaters Tod in der billigen Welt befunden hatte. Während ich langsam erwachsen wurde, verbrachte ich viele Jahre meines Lebens an der weiterführenden Schule, wo ich viele Dinge lernte. Schnell fand ich mich gut zurecht in dieser Welt.

Doch war sie anders. Blicke auf den Horizont verrieten, dass diese Welt nicht besonders groß war. Ich hatte den Ort, an dem ich zur Schule ging, nie verlassen. Dieser Ort glich einem großen Kessel, der vollständig umringt war von hohen Bergen. Ich sah keine Straße und keinen Weg, die über sie führten. Außerdem fand ich keinen Tunnel, der durch sie hindurchführte. Kein Tal, durch das sich ein Fluss aus unserem Kessel hinaus- oder hineinwand. Mit jedem Tag, den ich in dieser ozeanlosen Welt mit den kurzen, einfarbigen Flüssen und den immergleichen Menschen zubrachte, erwuchs in mir ein Gefühl der Unruhe.

Und ich fragte die Menschen: „Weißt du, was hinter diesen Bergen liegt?" Doch sie schüttelten alle bloß den Kopf. Niemand schien diese Jauchegrube von Ort je verlassen zu haben.

„Doch warum hat es nie jemand versucht?", fragte ich sie.

„Keine Zeit", war die Antwort. Keine Zeit. Ich würde mich damit nicht abspeisen lassen. Ich war anders. Ich würde die Welt erobern, und wenn ich es allein machte. Doch erst würde ich die Schule abschließen.

Dann, nach Jahren des Lernens, kam der Tag des letzten Schultages, an dem die Berufe vergeben wurden. Die Zeremonie startete am Vormittag und fand im Freien vor einer großen Bühne statt, wo Stühle für hunderte von Absolventen und Absolventinnen standen. Alle würden heute ihre Berufe wählen, und ich war einer von ihnen. Natürlich saß ich bei diesem wichtigen Ereignis in der ersten Reihe, um die beste Sicht auf das Rednerpult zu haben. Ich trug meinen besten vergissmeinnicht-blauen Anzug mit schwarzen Schuhen und orange-farbenem Hut. Den Zettel mit der Liste meiner alphabetisch geordneten Berufe hatte ich sicher in meiner Brusttasche verwahrt. Immer wieder holte ich ihn heraus und kontrollierte, ob alles stimmte. Mit der glatten, harten Schuhsohle klopfte ich derweil dumpf auf den karminroten Teppich. Zugegebenermaßen war ich etwas nervös. Den Löwenanteil meines Lebens in dieser Welt hatte ich in der Schule verbracht, und nun würde ich einen großen Schritt tun, die Welt zu erobern. Doch nicht nur ich war nervös. Wenn ich mich umschaute, sah ich eine Schülerin in Polizeiuniform, die immer wieder hektisch versuchte, die Falten aus ihrer Hose zu streichen. Einem etwas korpulenterem Koch wollte es nicht gelingen, die zweite Knopfreihe seiner Schürze zu schließen. Doch ich sah auch schmutzige Straßenkehrer, befleckte Maler und zerzauste Schreiber. Einige Reihen hinter mir entdeckte ich bebrillte Forscher, rußige Kerzenzieher, beschürzte Glasbläser sowie bucklige Schuster, staubige Schreiner und muskulöse Gewichtheber. Sie alle hatten ihr bestes Gewand ausgesucht, um sich an jenem Tag für ihren Beruf beim Direktor zu bewerben.

Als erstes wurde ein selbstsicherer Verkäufer auf die Bühne gebeten. Er trug einen perfekt sitzenden dunkelblauen Anzug mit weißen Schuhen und braunem Gürtel. In einer kurzen, prägnanten Rede legte er mit wenigen schlagkräftigen Argumenten dar, warum er der geborene Verkäufer war. Er beendete sie mit dem klaren Satz: „Ich bewerbe mich als Verkäufer." Der Direktor brauchte nicht lange zu überlegen, um ihm diesen Wunsch zu erfüllen. Ohne großen Überschwang hüpfte er vom Podest und setzte sich lässig zu seinen Freunden.

Danach war die zerzauste Schreiberin an der Reihe. An ihrem Handgelenk war ein Tintenfleck zu sehen. Sie wirkte unsicher und nervös. Doch als sie am Rednerpult stand, holte sie einen kleinen Zettel aus ihrer Gesäßtasche. Und sie las eines ihrer Gedichte vor, welches das bezauberndste war, das ich je gehört hatte. Als sie fertig war, brach die Menge in Beifall aus. Der Direktor stellte ihr frei, einen Beruf als Schreibende einzuschlagen. In unbändiger

Freude setzte sie sich zurück an ihren Platz, wo sie ihrer besten Freundin erzählte, dass sie Autorin werden wollte. Auch ich wollte das.

Nach der blutigen Fleischerin und dem verträumten Philosophen war ich an der Reihe. Bis jetzt hatte der Direktor jedem seinen Wunsch erfüllt, doch hatte auch keiner bis jetzt um mehr als einen Beruf gebeten. Ich zitterte. Als ich am Rednerpult stand, zögerte ich kurz und versuchte mich zu beruhigen. Nach A kommt E und nach G kommt L. Gärtner, Geograf, Geologe. Dann fing ich zu erzählen an.

Ich erklärte, dass es mehr gab als nur diesen Ort. Ich zeigte auf, dass es irgendwo hinter den eigenartigen Bergen Flüsse und Wälder gab, die unvorstellbar lang und groß waren, und dass die Erde eine Kugel mit einem Umfang von 40.000 Kilometern war. Ich erzählte von Nepal, Kanada und Argentinien, von Geoden und Weißkopfseeadlern. Ich brachte zum Ausdruck, dass Frösche und Salamander Amphibien waren und dass es mich wunderte, bis jetzt hier keine gesehen zu haben. Doch betonte ich, dass es welche geben musste. Während ich sprach, brach Unruhe unter den Menschen aus, doch ich ließ mich nicht beirren. Ich erklärte die Welt zum wunderbarsten Ort und sagte, dass sie klein und billig war und dass ich sie erobern wollte. Als ich sagte, dass die Welt von den meisten Punkten im Universum aus gesehen ein Stern war, gellte ein Ruf durch die Luft und alles wurde still. Mitten im Satz beendete ich meine Rede. Der Direktor hatte mich unterbrochen.

Er sagte: „Du hast keine Zeit mehr."

Dann klappte der Boden unter meinen Füßen weg und ich fiel wieder in die reale Welt zurück.

VIII

Als ich mich in der nächsten Nacht zerlumpt und zerschunden in der Nusswelt aufrichtete, durchflutete mich Wut. Wut über die vergeudeten Jahre, die Torheit der Menschen, Wut über die Heuchelei des Direktors, mir erst zu versprechen, mir lesen beizubringen, und mir dann zu sagen, dass ich keine Zeit mehr hatte. Warum schienen mir die Menschen in dieser Welt, die so gleich war, wie jene, aus der ich in der Gegenwart bereits erwacht war, immer wieder sagen zu wollen, dass ich keine Zeit mehr hatte? Ich versuchte den Dreck von meinem zerrissenen Anzug zu klopfen.

War mir doch egal, wenn sich diese engstirnigen, dummen Menschen mit ihren einzelnen Berufen und ihrer winzigen, billigen Welt zufriedengeben würden. Ich sicher nicht. Ich war anders. Ich würde noch an jenem Tag losziehen und diese Welt erweitern. Wie weit waren die komischen Berge entfernt? Drei, vielleicht vier Tagesreisen? Für meine gesunden erwachsenen Beine würden sie sicher kein Problem darstellen.

Bevor ich startete, packte ich das Wichtigste in meine Schultasche. Ich überlegte, was ich brauchen könnte. Was wusste ich über diese Berge? Wie hoch war die Grenze dieser Welt wirklich? Brauchte ich Pickel, Kletterausrüstung, ein Biwak? Wie schwer würde sich der Anstieg gestalten? Würde er Wochen dauern, vielleicht sogar Monate? In all den Jahren an der weiterführenden Schule hatten wir nichts über diese Berge gelernt. Keiner der Menschen, die ich traf, schien etwas über sie zu wissen. Also packte ich zur Sicherheit auch die Luftflasche in den Rucksack.

Als ich losging, meinen Blick zielbewusst auf die Grenze der Welt gerichtet, wich meine Wut langsam freudiger Erregung. Wenn niemand etwas über die komischen Berge wusste, könnte ich der erste sein, der sie bestieg. Und nebenbei könnte ich dem Direktor beweisen, dass ich der geborene Geograf war. Ich könnte Landkarten von ihnen anfertigen, Gesteinsproben entnehmen, Erfahrungsberichte verfassen. Diese Expedition wurde sogleich zur wichtigsten meines Lebens.

Doch der Beginn dieser Reise war gleichzeitig ihr Höhepunkt. Schnell merkte ich, dass die komischen Berge noch viel eigenartiger waren, als ich angenommen hatte. Wenn es anfangs so aussah, als wäre man nach vier Tagen Reise an ihrem Fuß angelangt, sah man sich vier Tage später acht Tage von ihnen entfernt. Nach acht sechzehn und nach sechzehn zweiunddreißig. Die Reise zur Grenze der Welt dauerte viele, viele Jahre. Doch sie dauerte nicht ewig, denn nach einem langen und mühsamen Marsch stand ich am Fuße der Grenze der Welt und blickte voller Ehrfurcht den steilen, endlosen Hang hinauf.

Ich strich über mein Kinn. Mir war ein langer schwarzer Bart gewachsen. Meine Hände und Beine waren braun gebrannt und von Venen durchzogen.

Mein Rücken und mein Nacken schmerzten. Erstmals in meinem Leben fiel mir auf, dass ich gealtert war. Noch bevor ich diesen Gedanken vertiefen konnte, begann ich den Aufstieg.

Die Besteigung der Grenze der Welt erinnerte mich unweigerlich an die Besteigung des höchsten Berges in der unendlichen Welt. Ich sah Pflanzen und Tiere, von denen ich nichts in der Schule dieser Welt gelernt hatte. Manche von ihnen kannte ich vage aus meiner Erinnerung, von der Zeit, bevor ich mit sechs Jahren in der Nusswelt gestrandet war. In den ersten Jahren meines Aufstieges protokollierte ich hunderte neue Tier- und Pflanzenarten, ich fertigte Zeichnungen von ihnen an, gab ihnen sinnvolle Namen. Diese Jahre waren die fruchtbarsten meiner Reise, denn ich sah bald nur noch gänzlich unbekannte Gegenden, verkochte unbekannte Früchte und kletterte über Felsen, die von neuem Gestein waren. Ich lebte meine Leidenschaft voll aus.

Dann, viele Jahre später, konnte ich über die ersten Bergspitzen sehen. Mir offenbarte sich ein Gebirge frei von Wald, dessen Gipfel im Nebel lagen. Von hier aus konnte ich bis nach Hause sehen. Ich setzte mich und machte eine kurze Pause. Diesem Gipfel würde ich einen Namen geben können. Ich holte Bleistift, Zirkel und Lineal aus meiner Schultasche und begann, um mich herum eine Karte zu zeichnen. Den Punkt, an dem ich saß, markierte ich mit einem X, das ich mit: *Grenze der Welt, Mitte* beschriftete. Ich zeichnete die Route meines Aufstieges vom Fuße des Berges bis hierher und markierte die Fundstellen meiner Gesteinsproben, die schwer auf meinem Rücken lasteten. Als ich mit der Karte fertig war, schrieb ich alle neu entdeckten Rezepte mit den neu entdeckten Früchten in ein Heft, und vermerkte, dass den Gesteinsproben auch Samen dieser Pflanzen beilagen. Ein Jahr lang verbrachte ich mit den Protokollen. Danach wusch ich mein Gesicht in einer von mir benannten, klaren Bergquelle und atmete durch. Als das Wasser in dem kleinen Becken zur Ruhe kam, fiel mir mein Spiegelbild auf. Ich sah aus wie Großvater. Mein Bart war weiß geworden und ich hatte Falten neben meinen Augen. Zum zweiten Mal bemerkte ich, dass ich älter geworden war. Doch ich war noch nicht angekommen, also trocknete ich mein Gesicht mit meinen Händen und steuerte, ohne einen weiteren Gedanken zu verschwenden, auf die nebeligen Gipfel zu.

Sowie der Wald endete, begann die Kälte. Es war nicht mehr weit, die nebeligen Gipfel waren nicht viel höher, als die Mitte der Grenze der Welt es gewesen war, doch die Luft wurde langsam dünn und ich war gezwungen, meinen Schritt zu verlangsamen. Jetzt war es nur noch eine Frage der Zeit, bis ich auf meinen Sauerstoff angewiesen war. Mein Rücken schmerzte und meine Beine wurden schwer wie Granit. In den vergangenen Jahren war ich sehr alt geworden, doch ich hatte keine Ahnung, was das bedeutete. Alles tat weh. Zum dritten Mal dachte ich an mein Alter. Doch diesmal ließ ich den Gedanken in mich hinein. Ich war überrascht, alt zu sein. Ich hatte nicht damit gerechnet. Doch das würde mich nicht stoppen. Ich war anders. Ich würde hinter die nebeligen Berge blicken und diese Welt verdoppeln. Ich würde die Pyramiden und die Chinesische Mauer sehen. Ich würde alles in meine Hefte schreiben und anschließend wieder heimkehren. Ob ich alt war, spielte keine Rolle. So würde ich allen beweisen, dass ich der geborene Geograf und Geologe war, dass ich kochen, schreiben und Pflanzen züchten konnte. Anschließend konnte ich Eisverkäufer, Astronom und eventuell Polizist werden. Doch was es tatsächlich bedeutete, alt zu sein, sollte mir bald schmerzlich bewusst werden.

IX

Die Nacht, in welcher ich erfror, war die Nacht, in welcher mein Erwachen in die zukünftige Welt vordrang. Es war die Nacht, in der ich merkte, was alt sein bedeutete. Es hieß, Falten und weiße Haare zu bekommen. Alt sein war kein Spaß. Ich merkte, dass auch ich eines Tages alt sein würde. So kam es, dass ich nie hinter die nebeligen Berge sah. Denn ich erfror, sowie ich den Nebel dieser geheimnisvollen Gipfel berührte und somit scheiterte, die kleine, billige Welt zu verdoppeln. Ich scheiterte sogar, alles dieser kleinen Welt zu sehen. Es zeigte sich, dass die Menschen, die in einer Welt lebten, die nur ein Bruchteil einer Walnussschale war, um die man nahezu seine Hand schließen konnte, recht hatten. Ihre Annahme, dass ich keine Zeit mehr hatte, war richtig gewesen, denn die Nacht, in der ich erfror, war die Nacht, in der die Zeit ausging. Somit merkte ich, dass auch in der richtigen Welt irgendwann die Zeit ausgehen würde. Auch in der richtigen Welt würde ich irgendwann alt werden und irgendwann würde ich erfrieren oder so sterben, wie Großvater gestorben war, oder daran scheitern, den höchsten Berg der Welt zu besteigen. Alt sein bedeutete, zu wissen, dass man nicht mehr viel Zeit hatte. Die großen, schrumpeligen Ohren und die weißen Schnurrbärte gaben ihre Hinweise darauf.

Mit Großvaters Tod erschloss sich mir, wie kurz das Leben war. So war mein Verstand zwar in der Lage, die Größe unserer kleinen, billigen Welt zu erfassen, doch ich selbst war viel zu klein, um auch nur einen Bruchteil dieser Größe tatsächlich erobern zu können. Ich lernte, dass das Leben viel zu kurz war, um Astronom, Autor, Eisverkäufer, Farbmischer, Gärtner, Geograf, Geologe, Koch und Polizist zu werden. Ich lernte, dass die Welt zwar klein und billig, aber zu teuer für mich war.

Vierter Teil

Worauf es dabei ankommt

I

Eines Tages, welcher einer der letzten meines sechsten Lebensjahres war, musste ich mich der Wahrheit stellen. Ich entschloss mich später als im Jahr davor, die Krokuslilien zu zählen. Sie würden den Beginn des Frühlings anzeigen und somit auch unweigerlich das Näherrücken meines Geburtstages. Je mehr Krokusse, desto weniger Tage, bis ich sechs Jahre alt war.

Ich war nicht mit Eifer bei der Suche. Es war bereits spät im März, und ich vermutete, was ich finden würde. Dennoch brauchte ich Gewissheit, und bei dem aus der Krokuszählung resultierenden Spaziergang ergab sich für mich die Möglichkeit, zu vergessen.

Als ich die sonnenwarmen, vom Schnee plattgepressten, verdorrten Grashalme sah, vergaß ich, dass Großvater nicht da war. Als ich gegen die Versuchung ankämpfen musste, meine Schuhe und Socken auszuziehen, um meine Zehen darin zu versenken, vergaß ich, dass ich irgendwann alt sein würde, so wie Großvater es gewesen war. Und als ich mich darüber freute, endlich den ersten Marienkäfer zu sehen, der schüchtern seine kurzen, zarten Fühler hervorreckte, konnte ich für einen Moment vergessen, dass ich, so wie Großvater, irgendwann sterben würde.

Ich ging in die Hocke und bot dem Käfer meinen Finger an. Ängstlich schreckte er vor dem enormen, lebenden Berg, der ich war, zurück. Er flog nicht weg und er flüchtete sich auch nicht wieder unter das Gras hinein. Er zögerte kurz, er schien nachzudenken. Ich wusste, was in ihm vorging.

Der Frühlingsduft und die unaufdringlich wärmende Märzsonne erinnerten mich an die Zeit, bevor ich fünf geworden war.

Ein Jahr zuvor war ich mit Großvater spazieren gewesen. Es war der Frühling, zu dem die Welt noch unbekannt war, und nach welchem er das erste Mal ins Krankenhaus kommen würde. Wir saßen zusammen auf der Bank, unter welcher später im Jahr das Sumpf-Vergissmeinnicht blühen würde, um übersehen zu werden. Verträumt sah ich kleinen schwarzen Ameisen dabei zu, wie sie sich abmühten, braune Fichtennadeln, die fünfmal so groß waren wie sie selbst, in ihr Nest zu schleppen.

„Manche von ihnen können das Vierzigfache ihres eigenen Körpergewichts tragen", merkte Großvater an.

Aus seiner Betonung schloss ich, dass das viel war. Dann schwiegen wir wieder. Manchmal, da saßen wir einfach nur da. Wenn jemand etwas sagte, dann eher für sich als für sonst jemanden. Keiner würde sich verpflichtet fühlen, mit Einsatz darauf zu antworten.

Wenige Wochen zuvor hatte ich beschlossen, die Welt zu erobern. Ich ließ meinen Blick schweifen.

Ich sah die längliche, unbekannte Welt, die meine Welt war. Ich sah die fichtendunklen Berghänge und die Wasserschlange. Weiter hinten, zwischen den mittelhohen Bergen, lugten Teile des muskulösen Gebirges hervor. Dieser war einer der Tage, an dem ich mich fragte, was wohl dahinter sein würde. Mein fünfter Geburtstag wäre ein wichtiger Schritt, dieses Rätsel zu lösen. Ich grinste in mich hinein. Dies war Vorfreude.

Wie ahnungslos ich war. Ich hatte noch keine Ahnung, dass es keine orangefarbenen Flüsse und keine unendlich hohen Berge gab. Keinen Schimmer davon, dass die ganze Welt in ein einziges Buch passte und es sieben Kontinente und unzählige Länder gab. Dass diese Welt groß, jedoch sehr klein war, und viel zu groß für mich. Ich konnte mir nicht vorstellen, dass Großvater in einem Jahr tot sein würde und das Leben genau wie die Welt eben nicht unendlich war. Und ich freute mich darauf. Ich freute mich auf ein Jahr, in dem ich lesen lernen und enttäuscht sein würde, Großvater nicht vorlesen zu können. Ich freute mich auf ein Jahr, in dem ich zum ersten, zweiten, dritten Mal erwachen würde. Ich freute mich auf ein Jahr, das voller Welten stecken und in dem ich ein zukünftiges und ein vergangenes Leben führen würde.

Komm nur, sechstes Lebensjahr, ich war bereit für dich.

Ein Marienkäfer kletterte über die Kante der Bank zu uns herauf und steuerte sogleich auf Opa zu. Ob er überrascht war, uns zu sehen? Auch Großvater bemerkte unseren Gast.

„Es scheint, als hätte die Sonne einen Freund aufgeweckt", sprach er leise, während das kleine Wesen vergeblich versuchte, auf Opas Hosenbein zu klettern. Immer wieder stellte es sich auf seine Hinterbeine, um nach Großvaters Hose zu greifen, doch fiel immer wieder zurück auf die Bank. Vorsichtig schob Großvater seinen Finger zu seinem Bein, und bildete so eine Stufe. Ohne zu zögern nahm es die Einladung an. Doch Großvater war schlau, und sowie unser Freund seinen Finger erklommen hatte, hob er ihn hoch. Er ließ ihn auf seiner Handfläche umherlaufen. Bis jetzt war das Tier kein einziges Mal zum Stillstand gekommen. Als wäre es nur logisch, lief es zielstrebig auf etwas zu. Als hätte es ein Ziel, das nur es selbst kannte. Großvater kippte seine Hand erst vor, dann zurück. Jedes Mal, wenn er das tat, änderte der Käfer, als wäre es das Natürlichste auf der Welt, augenblicklich seine Richtung und setzte seine Reise in die entgegengesetzte fort. Erst Richtung Fingerspitzen, dann Richtung Handgelenk, dann wieder Fingerspitzen. Dabei zögerte er keinen Moment, als wäre er nach jedem Wechsel sicher, dass er jetzt richtig war.

„Er will nach oben. Es ist sein Instinkt", bemerkte Großvater. „Wenn ich meine Hand kippe, ändert sich sein Oben. Deswegen kann ich beeinflussen, wohin er krabbelt."

Also war er immer in die rechte Richtung unterwegs gewesen, obwohl er bloß hin und her gelaufen war. Das machte Sinn.

„Und erst wenn er sicher ist, ganz oben zu sein …"

Großvater hörte auf, seine Hand zu kippen. Der Käfer war gerade Richtung Fingerspitzen unterwegs. Als er an der Spitze von Großvaters Mittelfinger angekommen war, blieb er zum ersten Mal stehen. Er öffnete seine Flügel und flog davon.

Ein Jahr danach startete auch ein Marienkäfer von einer Fingerspitze, die meine war. Ich folgte ihm einige Schritte, doch es dauerte nicht lange, bis ich ihn aus den Augen verlor. Und als ich meinen Blick wieder senkte, sah ich ein Meer aus dutzenden Krokusblüten.

II

Dank Großvater fand ich mich schon recht gut zurecht in einer Welt, die klein und billig, aber zu teuer für mich war. Dank Großvater wusste ich, was meine Nieren und mein Darm konnten, und dass mein Herz mein Blut pumpte. Ich wusste, dass meine Lungen Sauerstoff aufnahmen und mein Gehirn der wertvollste Teil meines Körpers war, der denken konnte und auf den ich gut aufpassen sollte. Doch nachdem Großvaters Körper versagt hatte, interessierte ich mich plötzlich auch für das, was der Körper nicht konnte. Unendlich lange leben, zum Beispiel.

Also blies ich sechs Kerzen aus und wünschte mir, unsterblich zu sein. Was ich bekam, war ein limonengrüner Fahrradhelm. Fahrrad fahren zu können war wahrlich ein wichtiger Schritt zur Eroberung der Welt. Ich freute mich aufrichtig.

Dennoch fragte ich Mutter und Vater nach der dritten Gabel bester Schokoladentorte: „Was würde passieren, wenn ich jetzt für immer die Luft anhalten würde?"

Vater und Mutter tauschten verunsichert Blicke aus. Sie zögerten.

„Warum fragst du uns das?"

Ich zuckte mit den Schultern und behielt meine Gedanken für mich. Die Torte war wahrlich köstlich.

Doch es wollte mich nicht loslassen, und ich fragte oft in der nächsten Zeit, woran man sterben konnte. Oft weigerten sich die Erwachsenen, zu sprechen, doch manchmal gaben sie meiner Neugier nach. Ich erfuhr, dass ein Darm platzen und Adern verstopfen konnten. Dass man ertrinken, erfrieren und ersticken konnte. Doch vor allem erfuhr ich, dass manche Organe wichtiger zu sein schienen als andere. Wenn die Leber oder die Nieren kaputtgingen, wäre das tragisch, aber nicht unmöglich zu überleben. Es gäbe Ärzte, die einem in solchen Situationen gute Dienste leisten könnten, und selbst wenn eine Niere komplett ausfiele, hätte man noch eine zweite. Wenn man keine Luft mehr kriegte, allerdings, hätte man nur noch wenige Minuten zu leben. Also war die Lunge wichtiger als die Leber oder die Nieren. Doch das wichtigste Zeichen des Lebens, da schienen sich alle einig zu sein, war das Herz. Würde es aufhören zu schlagen, wäre es vorbei. Wenn das Herz seinen Dienst aufgab, war man so gut wie tot.

So lebte ich in den ersten Wochen meines siebten Lebensjahres in ständiger Angst davor, zu sterben. Nichts war mehr sicher. Mein Herz schien mich zu provozieren. Je mehr ich an es dachte, desto lauter und fester schien es zu schlagen, und machte es mir fast unmöglich, es zu vergessen. Mit jedem Schlag drohte es mir, damit aufzuhören. Und weil ich meinem Herz nicht über den Weg traute, fing ich an, Vorkehrungen zu treffen. In der Schule fühlte ich mich am sichersten. Hier waren viele

Menschen um mich herum, und sollte ich plötzlich keine Luft mehr bekommen, oder sollte mein Herz stehenbleiben, könnten diese mir helfen. Auf dem kurzen Weg von und zur Bushaltestelle beeilte ich mich, denn da war ich allein. Ich rannte geradezu, und war jedes Mal erleichtert, wenn ich in Sichtweite eines Menschen war.

Doch es gab eine Lücke. Wenn ich am Ende des Tages in meinem Zimmer lag, die Tür geschlossen war und die Schatten drohten, ins Licht zu treten, war ich in Gefahr. Denn wenn ich schlafen und mein Herz aufhören würde, zu schlagen, würden Stunden vergehen, bis man mich finden würde. Und vermutlich wäre es dann zu spät. Deswegen öffnete ich stets meine Tür einen Spalt breit, nachdem Vater mich zugedeckt hatte. Gerade so weit, dass ich um Hilfe schreien konnte, sollte ich bemerken, dass mein Herz aussetzte.

Und dann lauschte ich.

III

Wenn die Ablenkung groß genug war, konnte ich vergessen, dass ich von meinem Körper abhängig war. Wenn es nicht ausreichte, nach dem Alphabet zu ordnen, fing ich an, zu zählen. In Mathematik hatten wir in den letzten Monaten begonnen, den Zahlenraum Hundert zu verlassen und mir schien, als könnte ich nun alles zählen. Oft zählte ich bis tausend. Vielleicht, wenn ich irgendwann doch noch Astronom werden sollte, könnte mir dieses Wissen dabei helfen, zu erfassen, wie viele Sterne es im Universum gab.

Ich saß an jenem Tag in der Schule und zählte die vorbeifahrenden Autos. Ich zählte viele schwarze, etwas weniger graue, wenige rote und fast kein grünes. Als das tausendste Auto vorübergefahren war, blickte ich wieder an die Tafel. Derweil war fast nichts vorangegangen. Ich rechnete die letzten Aufgaben in mein Heft und dachte dabei kein einziges Mal an den Tod.

Als ich nach Hause ging, unterhielt ich mich mit einem Jungen, der in meiner Nachbarschaft wohnte. Er fuhr täglich mit demselben Bus. Ich kannte ihn, und wir unterhielten uns flüchtig über den vergangenen Sportunterricht, der an jenem Tag stattgefunden hatte. Wir lächelten beide, mir gefiel das. Er schien sich über den Tod keine Gedanken zu machen. Also schwieg auch ich darüber, und ich konnte ihn vergessen, den ganzen Weg, bis ich zu Hause war, wo sich ein wohlbekanntes Gefühl in

mir ausbreitete. Erneut ahnte ich, dass ich bald erwachen würde.

IV

Nachdem ich an der Grenze der Nusswelt erfroren war, hatte ich nachts aufgehört zu träumen. Denn da war nichts mehr gewesen, was ich hätte erobern können. In der Zukunft war ich gestorben, also war die Reise zur Grenze der Welt und deren Besteigung alles gewesen, was ich von meinem zukünftigen Leben zu erwarten hatte. So blieb mir zu Beginn meines siebten Lebensjahres nur die Vergangenheit, in welcher ich in der ständigen Angst lebte, zu sterben. Doch diese Angst schwächte sich mit der Zeit. Dieses war ein fließendes Erwachen, so wie ich aus der unbekannten Welt erwacht war. Und als ich mich dann einige Wochen nach meinem sechsten Geburtstag schlafen legte, schlief ich in einer anderen Welt ein, als ich aufwachen würde.

V

Als ich meine Augen aufschlug, fing ich aus Gewohnheit sofort zu lauschen an. Ich hörte mein Herz schlagen. Ich holte tief Luft. Ich spürte sie in meine Lungen strömen. Doch da war etwas anders. Als mein Herz seinen tausendsten Schlag an jenem Tag, an dem ich zum vierten Mal in meinem Leben erwacht war, getan hatte, merkte ich es. Zur Bestätigung legte ich die Hand auf meine Brust und fühlte meinen Herzschlag. Erneut zählte ich bis tausend. Erneut merkte ich es. Denn ich wusste, was zu tun war. Voller Tatendrang sprang ich aus meinem Bett und lief zur Bushaltestelle. Ich freute mich auf die Schule, aber nicht weil ich dort sicherer war, sondern weil ich einen Plan hatte. Auf meinem Weg dorthin setzte ich mich im Bus neben den Jungen, der keine Angst vor dem Sterben hatte. Währenddessen schlug mein Herz wie wild, doch es machte mir nichts aus. Er erzählte mir von Spielen, die er schon immer einmal ausprobieren wollte. Ich bot ihm an, sie mit ihm in einer Pause zu spielen. Er freute sich sehr darüber, und mein Herz machte einen Hüpfer. Wir redeten die gesamte Busfahrt über allerhand, auch als wir bereits aus dem Bus ausgestiegen waren. Wir gingen nebeneinander von der Haltestelle zur Schule und tauschten Gedanken aus. Ich erzählte ihm von meinem Plan, die Welt zu erobern. Er war begeistert. Im Schulgebäude trennten sich dann unsere Wege, und wir verabredeten uns für die Pause. Ich hatte einen Freund gefunden. Die ganze Zeit über hatte mein Herz wie wild um sich geschlagen, doch nun, da ich einen Freund hatte, kam es mir nicht mehr so schlimm vor. Denn ich wusste jetzt, worauf es im Leben ankam.

Im Unterricht vermied ich es, aus dem Fenster zu sehen. Stattdessen strengte ich mich an. Und da die Schule langsam war, bekam ich an jenem Tag viel Lob von Frau Huber zu hören. Das erste Mal bedeutete es mir etwas. Ich freute mich ehrlich über die positiven Rückmeldungen und meine Klassenkameraden schienen mich erstmals so richtig zu bemerken. Ich führte an jenem Tag viele Gespräche und redete über Dinge, die mich eigentlich nie interessiert hatten. Ich ließ mir erzählen, wie die Haustiere hießen, die sie hatten, und lächelte, als sie mir von ihrem Wochenende erzählten. Die Menschen fingen an, mich zu mögen. Ich dachte an Großvater und erinnerte mich daran, dass auch ich ihn gemocht hatte. Auch wenn ich es vermisste, mir vorzustellen, Farbmischer, Eisverkäufer und Gärtner zu werden, und es mir fehlte, aus dem Fenster zu sehen, bis tausend zu zählen und Dinge nach dem Alphabet zu ordnen, war dieser Plan, den ich an dem Tag gefasst hatte, an dem ich zum vierten Mal erwacht war, wichtiger. Durch ihn vergaß ich, Angst zu haben.

VI

Auch in den darauffolgenden Tagen und Wochen bemühte ich mich, so zu sein. Und es gelang mir wirklich gut. Ich fand immer mehr Freunde und Bekannte und andere Leute. Eine völlig neue Welt eröffnete sich mir, die in der Nusswelt versteckt gewesen war. Die Lehrer mochten und bevorzugten mich. Immer seltener ertappte ich mich dabei, wie ich gedankenverloren irgendwelche Wörter nach dem Alphabet ordnete. Immer öfter geschah es, dass Leute meinen Namen kannten, die ich noch nie zuvor gesehen hatte. Ich war nicht mehr allein auf meiner Reise, die Welt zu erobern, und ganz nebenbei wurde ich bejubelt. Diese Welt gefiel mir. Ich fühlte mich wohl in dieser Welt ohne Angst.

Seitdem ich wusste, worauf es im Leben ankam, fiel es mir leichter, sterblich zu sein. Denn wenn ich nur genügend Freunde hätte, nur genügend Bewunderer, Leute, die mich feierten, und die stolz waren, mich zu kennen, so wie ich Großvater bewundert hatte und so wie ich auf Großvater stolz gewesen war, konnte mein Herz ruhig aufhören zu schlagen. Denn wenn ich starb, und es wäre den Menschen nicht egal, so wie es mir bei Großvater nicht egal gewesen war, könnte ich in Ruhe sterben, wann immer das sein möge. Im Leben kam es schlicht darauf an, beliebt zu sein und bewundert zu werden. Wenn einem das gelang, würde man nie wirklich sterben. Wenn man der Held in der Geschichte von so vielen Menschen war, und danach bemaß sich der Rahmen dieser Welt, die Menge der Menschen, die man beeinflussen und beeindrucken konnte, dann würde es einem gelingen, tatsächlich die Welt zu kaufen.

VII

Durch diese Kehrtwende auf meinem Weg, die Welt zu erobern, lernte ich wieder zu träumen. Doch ich träumte nicht vom Nil oder vom Himalaja. Ich träumte nicht, alle Sterne des Universums zu zählen, und ich träumte nicht, nach Kanada zu schwimmen. Ich träumte auch nicht mehr von der Welt mit den komischen Bergen. Diese Dinge schienen mit meinem Erfrieren in dieser Welt auch erfroren zu sein.

Es waren Monate vergangen, seitdem ich die zukünftige Welt das letzte Mal betreten hatte. Suchend schaute ich mich um. Nach wenigen Sekunden bemerkte ich, dass ich mich hinten in meinem Klassenzimmer in meiner Schule befand. Ich sah die Tafel, die mir so bekannt war, und ich sah Frau Huber, wie sie gerade einen Rechenvorgang an die Tafel schrieb, den ich nicht kannte. Schnell merkte ich, dass ich nicht auf meinem Platz saß. Auf leisen Sohlen schlich ich in Richtung meines Tisches. Ich wollte nicht riskieren, dass Frau Huber mich bemerkte. Doch als ich meinen Tisch erspähte, sah ich, dass auf meinem Platz bereits jemand saß. Von hinten konnte ich ausmachen, dass es sich bei dem Eindringling um einen Jungen handelte. Ich war erzürnt. Wenn ich jetzt mit diesem Scharlatan diskutieren müsste, um mich auf meinen eigenen Platz setzen zu können, würde die ganze Klasse bemerken, dass ich plötzlich aus der Luft aufgetaucht war. Als ich mich den vorderen Sitzreihen näherte, sahen die anderen Schüler, die in der letzten und vorletzten Reihe saßen, einfach durch mich hindurch. Und als ich an meinem Platz angelangt war, erschrak ich fast zu Tode. Denn der Scharlatan, der Betrüger, der sich als mich ausgab, der war ich selbst.

Ich musterte mich. Aufmerksam und interessiert blickte mein Doppelgänger an die Tafel. So wie ich es auch an dem Tag begonnen hatte, an dem ich gemerkt hatte, worauf es im Leben ankam. Hier, in der Zukunft, schien mich niemand wahrnehmen zu können. Ich konnte nichts sagen, nichts berühren, nichts ändern. Ich war lediglich Beobachter. Ich entschied, dass es auch schlimmer hätte kommen können. Dieser Blickwinkel würde mir die Möglichkeit eröffnen, die zukünftige Welt genauestens zu untersuchen und mich anschließend in der Vergangenheit dafür zu wappnen. Ich lehnte mich an die Wand unter das Fenster und beobachtete, was passierte.

Als Frau Huber sich umdrehte und ihren Blick fragend an ihre Schüler richtete, schnellte meine Hand nach oben. Sie gab mir die Erlaubnis zu sprechen. Als mein Zukunfts-Ich den Mund öffnete, vernahm ich nur ein Rauschen. Auch als Frau Huber nickte und lächelnd ihre Antwort gab, konnte ich nichts verstehen. Wie es schien, musste ich mich mit dem zufriedengeben, was ich sah.

Im weiteren Verlauf meldete ich mich jedes einzige Mal, wenn Frau Huber eine rauschende Frage an die Klasse richtete. Manchmal wurde ich drangenommen, manchmal eben nicht. Meine Mitschüler sahen jedes Mal zu mir her, wenn ich eine Antwort gab. Ich erweckte den Eindruck, dass mir das gefiel. Hin und wieder vernahm ich ein kaum wahrnehmbares Rauschen aus der letzten Reihe, während ich sprach. Es wurde wohl über mich geflüstert. Ich war enttäuscht, nicht hören zu können, was da geredet wurde. Trotzdem hatte ich das Gefühl, dass diese zukünftige Version von mir drauf und dran war, sich diese Welt, in der ich wusste, worauf es ankam, zu eigen zu machen.

Nachdem die Schule zu Ende war, folgte ich mir nach Hause. Ich stieg mit mir in den Bus, beobachtete, wie ich mich stumm mit meinem Freund unterhielt, der auch in Zukunft mein Freund sein würde. Als ich dann vor ihm unseren Bus verlassen musste, hüpfte ich schnell hinterher. Irgendwie war es komisch, sich selbst zu folgen, doch von der unendlichen Welt war ich schon einiges gewöhnt. Zu Hause angekommen, das gleich war wie das Zuhause in der Vergangenheit, warteten meine Eltern bereits am Tisch sitzend auf mich. Ich beobachtete mich dabei, wie ich voller freudigen Rauschens meine Schultasche öffnete und ein gewöhnliches Blatt Papier meinen Eltern vor die Nase hielt. Alle freuten sich. Auch ich schien mich zu freuen. Während ich an die Wand gelehnt mit prüfendem Blick die Szene beobachtete, hatte ich plötzlich das Gefühl, etwas Wichtiges vergessen zu haben.

VIII

Diese Zukunft war anders. Auch wenn ich gewollt hätte, wäre es mir zu diesem Zeitpunkt noch nicht gelungen, eine Wertung abzugeben, denn sich selbst beobachten und analysieren zu können, eröffnet es einem, Dinge zu bemerken, die normalerweise ungesehen bleiben. Es blieb nur die Frage, ob ich bemerken wollte, dass mein Blick anders war. Wollte ich sehen, dass mir meine Bewegungen und Gesichtsausdrücke, meine Lippenbewegungen und die Stellung meiner Augenbrauen irgendwie komisch vorkamen? War es gut, zu sehen, zumindest das Gefühl zu haben, überlegen zu sein? Auch über dieses Erkennen und Erforschen konnte ich kein Zeugnis ablegen. Ich konnte nicht sagen, ob diese Welt gut oder ob sie schlecht war. Trotzdem hatten alle Welten, die ich kennenlernen durfte, gemein, berechenbar und erträumbar zu sein. Worin sie sich im Wesentlichen unterschieden, war ihr Preis. Und um feststellen zu können, wie teuer diese Welt war, müsste ich erneut von ihr träumen.

Die zweite Nacht war eine lange Nacht, denn sie dauerte, bis die zukünftige Version von mir nahezu erwachsen war. Ich verglich mich mit den anderen, und ich kam zu dem Schluss, dass ich normal war. Wie in der Nusswelt ging ich an die weiterführende Schule und lernte vieles. Die weiterführende Schule stellte ich mir wie die Grundschule vor, nur besser und schneller. Auch hier fand ich Freunde, ich verstand mich gut mit den Lehrkräften. Ich notierte, dass es mir nicht viel zu kosten schien, Freunde zu finden. Die Menschen schienen mich zu mögen. Ich freute mich für mich, der so schad- und klaglos im Vorbeigehen die Welt zu erobern schien.

Doch dieses Gefühl, etwas Wichtiges, etwas sehr Wichtiges vergessen zu haben, ließ mich nicht los.

Auch an einem normalen Tag in der Zukunft, an dem ich in der Schule saß und aufmerksam das komplizierte Tafelbild studierte, beobachtete ich durchs Fenster, was geschah. Vermutlich lernte ich gerade, wie man einen Schmetterling untersucht, ohne ihn zu verletzen. Mein zukünftiges Ich war gewachsen und trug ein schickes, gut sitzendes Gewand. Ich saß nicht allein am Tisch. Von meinen bisherigen Recherchen wusste ich, dass der Junge, der neben mir saß, wohl einer meiner besseren Freunde war. Wir trafen uns oft auch außerhalb der Schule.

Wenn ich so dastand und mich durchs Fenster beobachtete, bekam ich mich lediglich von der Seite zu sehen. Denn in der Zukunft schaffte ich es, den ganzen Tag nicht ein einziges Mal aus dem Fenster zu sehen. Das machte mich stolz. Auch in der Vergangenheit würde ich meine Strategie weiterverfolgen. Hin und wieder fuhr hinter mir ein schwarzes, wenige weiße und ganz selten ein andersfarbiges Auto vorbei. In der Zukunft würde ich es schaffen, das nicht zu bemerken.

Doch irgendetwas war mir entfallen, bevor ich diese Welt betreten hatte. Irgendetwas Wichtiges.

Schon war dieser Schultag zu Ende, und während mein zukünftiges Ich seine Hefte zusammenpackte, beeilte ich mich, um das Gebäude zu laufen. Denn gewohnheitsmäßig schnell war ich darin, die Schule zu verlassen.

Vor dem grünen Schulgebäude, das einen schönen Vorhof mit einer großen Walstatue hatte und viele rote, stachelige Hecken an den Wänden, sah ich, wie ich mich von meinem Freund verabschiedete. Wir hatten so einen einzigartigen Handschlag vereinbart, den nur wir zwei konnten, an dessen Ende wir lässig, Rücken an Rücken stehend, beide Hände zusammenschlugen und in entgegengesetzte Richtungen fortgingen. Dieses Schauspiel wollte ich an keinem Tag verpassen. So auch heute nicht, und als wir, ohne uns noch einmal umzudrehen, davonschritten, lächelte ich in mich hinein.

Am darauffolgenden Tag war das Wetter schlechter und es regnete in der Zukunft. Dennoch musste mein zukünftiges Ich zur Schule. Mir machte der Regen nichts aus, denn durch mich fielen die Tropfen einfach hindurch. Ich sah, wie ich, ein Buch schützend über den Kopf haltend, zur Schule rannte. Ich folgte mir hinein. In der Schule versuchte mein Zukunfts-Ich verzweifelt das Wasser von seiner Kleidung zu klopfen. Ich war sichtlich schlecht gelaunt. Doch dann kam mein Freund bei der Tür herein, dank seines Schirms vollkommen trocken, und kam auf mich zu. Ich beobachtete, wie sich meine Miene aufhellte. Ich schien mich zu freuen. Doch gerade als ich ihn begrüßen wollte, ging er mit starrem Blick und ohne ein einziges Rauschen zu verlieren, an mir vorüber. Ich und die zukünftige Version von mir waren verwundert. Was hatte das zu bedeuten?

Ich folgte mir ins Klassenzimmer. Als wir den Raum betraten, war unser Tisch leer. Und unser Freund saß an einem anderen, und der Platz neben ihm war besetzt. Gerade als mein zukünftiges Ich zu ihm gehen und ihn fragen wollte, was los war, kam der Lehrer zur Tür herein, und ich war gezwungen, mich schnell an den leeren Tisch zu setzen. Mit nassen Haaren und tropfender Nase blickte ich zu ihm. Doch er ignorierte mich. Wir waren verdutzt. Ich und ich wussten nicht, was zu tun war.

Als die Glocken läuteten und alle Schüler begannen, ihre Hefte in ihre Taschen zu räumen, machte ich nicht mit, sondern ging geradewegs auf meinen Freund zu. Ich beobachtete gespannt, was geschah. Als mein zukünftiges Ich ihn am Ärmel packte, damit er sich nicht wieder wegdrehen konnte, und von ihm rauschend wohl eine Rechtfertigung verlangte, gab er sich erzürnt. Schnell leerte sich das Klassenzimmer. Währenddessen stritt ich mit meinem besten Freund. Ich wollte wissen worüber, doch in dieser Zukunft war ich dazu verdammt, nur Zuseher sein. Ich bekam mit, dass es ernst war, und emotional. Die Situation wirkte grauenvoll endgültig. Nach wenigen Minuten ließ er mich stehen. Und ich stand allein in einem verlassenen Klassenzimmer. Ich schien sehr traurig zu sein. Am liebsten wollte ich mir sagen, dass ich gar nicht allein dastand. Ich war ja da. Doch ich sah mich nicht und hörte mich nicht. Es war mir nicht möglich, mich zu trösten.

IX

Diese Welt war klein. Sehr klein. Noch viel, viel kleiner, als es die Nusswelt gewesen war. Doch sie war gratis. Es kostete nichts, Freundschaft zu schließen und einen guten Eindruck zu hinterlassen. Es kostete nichts, zu vergessen. Darauf zu verzichten, in der Schule aus dem Fenster zu sehen, und bis tausend zu zählen war kostenlos. Genauso wie es kostenlos war, zu beobachten, was andere als gut erachteten, und es anzuwenden, um so nie allein zu sein. Ich würde genauestens beobachten und vergleichen und aus mir einen Menschen schaffen, der erfolgreich war. Der wusste, was man als wissenswert erachtete, und der konnte, was man als könnenswert erachtete. Ich würde lernen, mich akkurat zu kleiden und zu frisieren und ein perfekter Erwachsener werden. Wenn man mich sah, würde niemand infrage stellen, dass mir die Welt gehörte.

Trotzdem wusste ich, dass das nicht reichte. Es gäbe immer Menschen, die mich hassen würden. Ich würde Fehler machen und sie verletzen. Menschen stritten um mich herum und würden es auch in Zukunft. Manche mit mir.

So war diese Welt zwar kleiner und gratis, doch immer noch zu teuer für mich.

X

Erneut hatte ich eruiert, wie viel die Welt, in der ich lebte, kostete. Erneut hatte ich erkannt, dass ich sie mir unmöglich leisten konnte. Doch was hieß das für mich? Hieß es, aufzugeben? Nein. Ich gab nie auf. Ich wollte die Welt, und ich würde alles daransetzen, sie zu bekommen. Außerdem gebot mir die Erfahrung, vorsichtig zu sein. Ich hatte mich bereits in der Größe der Welt und in der Dauer meines Lebens geirrt. Darin, dass es keine unendlich hohen Berge und fliegende Pferde gab, und darin, dass die Zeit, die ich hatte, unmöglich ausreiche, um neun Berufe zu erlernen. Also machte ich weiter und versuchte mit dem zu arbeiten, was mir gegeben war. Eine kleine Welt voller Menschen, die meine Freunde sein konnten, und ich selbst, der auch nur ein Mensch war. Der sterblich und zerbrechlich war, gefangen in einem kurzen Leben, zum Tode verurteilt, dazu verdammt, zu atmen und zu funktionieren, und der, um tatsächlich zu leben, darauf angewiesen war, gemocht zu werden. Wenn ich nur genügend lachen würde, nur genügend lernen, nur genügend fragen – kurz: genügend leben würde, dann würde ich mehr von der Welt erobert haben.

So war mein Vorhaben, die Welt zu kaufen, mit der Erkenntnis, worauf es im Leben ankam, keineswegs auf Abwege geraten. Es hatte gerade erst begonnen. Immer weiter, immer höher, immer besser.

Heute besser als gestern. Morgen besser als heute.
Flieg, Marienkäfer, flieg!

FÜNFTER TEIL

WER ICH BIN

I

Es war ein schöner Tag im Herbst meines neunzehnten Lebensjahres, an dem ich wieder einmal für Olympia trainierte. Wahrscheinlich, weil es meistens die schönen Tage sind, an die man sich gerne erinnert. Wäre ich frei von Sinnen und Emotionen, wäre dieser Tag vielleicht regnerisch gewesen. Vielleicht wütete ein ausgewachsener Herbststurm, der mit tischtennisballgroßen Hagelkörnern die letzten Blätter von den Bäumen fegte. Doch ich war immer ein Mensch, der sich lieber an die schönen Tage seines Lebens erinnert. So rannte ich unter Sonnenstrahlen auf den Gipfel eines Berges, der so hoch war, dass ein Fünfjähriger große Schwierigkeiten hätte, ihn zu besteigen, während der Herbstföhn sachte an den bunten Baumkronen zupfte. Ich sprang geradezu nach oben, ließ einen Meter Berg nach dem anderen hinter mir. Ich spürte, wie das Blut durch meine Ohren schoss, ich hörte, wie meine Lungen versuchten alle Luft der Welt einzusaugen. Ein vertrautes Geräusch. Hop! Hop! Hop! Das machte mir Spaß. Natürlich merkte ich die Müdigkeit von unten in meine Beine kriechen, je höher ich kam. Doch das gehörte dazu. Das war Teil des Spiels. Ich spielte es immer besser, je älter ich wurde. Den meisten neuen Menschen, die ich zu jenem Zeitpunkt kennenlernte, würde ich kaum auffallen. Sie kannten mich als normalen Menschen, der nicht viele besondere oder eigenartige Angewohnheiten besaß. Hin und wieder sagte dieser Mensch zwar Dinge, die offensichtlich waren, und freute sich darüber, wie wenn die Sonne aufging oder der Mond wieder voller wurde. Aber das merkten die Menschen kaum noch. Er war ganz passabel in dem, was er tat, manchmal sogar herausragend und erfolgversprechend. Der Wille dieses Menschen war unerschütterlich. Vielleicht würde er tatsächlich einmal den Gipfel des Olymps besteigen. Dieser Mensch war ich.

Während ich lief und den Wind dabei beobachtete, wie er gelbes, rotes und braunes Laub vor sich hertrieb, erinnerte er mich an die unendliche Welt mit den unendlich bunten Pflanzen in der fruchtbaren Mitte des höchsten Berges der Welt. Und ich dachte an die Zeit, in der ich noch nichts von den Grenzen wusste und in der ich mich dazu entschied, die Welt zu erobern. Jetzt war es anders. Jetzt wusste ich von ihnen. Die Grenze unseres Universums war die kosmische Hintergrundstrahlung, die kurz nach dem Urknall kam. Es war unmöglich, weiter zu blicken, denn weit zu blicken hieß gleichzeitig, weit in die Vergangenheit zu blicken. Weiter als der Urknall ging also nicht. Und die wahre Grenze meines Universums war noch viel kleiner als das. In Lichtjahren so groß, solange ich noch leben würde. Doch vor dreizehn Jahren, in einer unendlichen Welt, mit Bergen, die unendlich breit und unendlich hoch waren, war das alles noch egal gewesen. Je besser ich das Spiel spielte, desto egaler war es auch heute.

II

Wer war ich eigentlich? Wer war ich, davon auszugehen, dass ich der Mensch war, der das Privileg haben sollte, die Welt zu erobern? Wer war ich, zu glauben, ich könnte unendlich lange Flüsse durchschwimmen? Wer war ich, zu behaupten, als einziger das Zeug dazu zu haben, über die Grenze der Welt zu sehen? Wer war ich, zu glauben, Olympia gewinnen zu können?

Im Laufe meines Lebens hatte sich die Dimension der Welt fortwährend verändert. Doch meine Ansprüche waren stets dieselben geblieben. „Alles", maß das Volumen meines Füllhorns. Doch wer war ich, das zu wollen? Ich sah all diese Menschen um mich herum, von denen viele meine Freunde waren oder meine Familie. Manche von diesen Menschen waren Fremde. Manche waren Bekannte. Und manche hassten mich. Waren diese Menschen, jene, die mich hassten, nicht schon der Beweis dafür, dass ich gescheitert war? War es das wert, einen Lebensplan aufzugeben, aufgrund einer Ahnung? Vermutlich nicht. Doch könnte ich einen festen Trittpunkt ausmachen, jenen, auf den sich meine Logik stützen könnte, dann könnte ich zu klettern beginnen und ein für alle Mal klären, wer ich war. Ich wäre bereit, zu tun, was mir die Logik gebot, und wenn es das Äußerste war.

Dieser Trittpunkt stellte sich einzig und allein zwischen mich und die Wahrheit. Oft, wenn ich Zeit hatte, fragte ich mich, wer ich war. Doch ausgehend von dieser Frage kam ich immer auf dasselbe Ergebnis, und zwar, dass mir eine weitere, letzte Erkenntnis fehlte, auf die ich dann weitere Gedanken aufbauen könnte. Während meines neunzehnten Lebensjahres fühlte ich mich oft handlungsunfähig und beschränkt. Ich verfluchte die Grenzen meines Verstandes und wünschte mir mehr Leistung. Ich wünschte mir mehr von meinem Gehirn. Wenn ich nur etwas gescheiter wäre, würde ich dahinterkommen. Dann würde ich sehen, was ich achtzehn Jahre lang übersehen hatte. Und wenn ich diese letzte Erkenntnis dann hätte, dann endlich, wüsste ich, wer ich war.

Doch so sehr ich mir das Hirn zermalmte, ich wollte nicht dahinterkommen. Und so konnte ich auch keinen Schritt mehr gehen in meinem Leben. Alle meine Handlungen würden dann nicht auf Logik, sondern auf dem Zufall beruhen. Jeder Schritt, den ich jetzt machen würde, wäre der direkte Weg ins Chaos. Also war es besser, stillzustehen und abzuwarten.

Doch ich wartete schon zu lange. Ich vergaß, warum ich hier war, ich vergaß, warum ich nicht weiterging. Irgendwann würde ich vergessen, dass es sicherer war, nichts zu tun, und dann würde ich etwas machen. Nicht weil es logisch wäre, oder weil es gut ist, das zu tun, sondern nur um etwas zu tun. Weil etwas zu tun sich immer besser anfühlt als stillzustehen.

Die Monate meines neunzehnten Lebensjahres vergingen zusehends, und Tage, wie der schöne

Herbsttag es gewesen war, an dem ich die Donnerspitze bestiegen hatte, waren zur Seltenheit geworden. Vielleicht erinnerte ich mich an diesen Tag,
weil das Wetter so schön war, doch vielleicht erinnerte ich mich auch an diesen Tag, weil ich oben
stand über einer unendlichen Welt. Vielleicht erinnerte ich mich an diesen Tag, weil er sich angefühlt
hatte wie die Tage, die waren, als ich sechs war.
Vielleicht erinnerte ich mich an diesen Tag, weil er
eben nicht echt war. Weil ich ihn mir ausgedacht
habe. So einen Tag hat es nämlich nicht gegeben in
meinem Leben. Ich hatte ihn mir ausgedacht, weil
ich ohne ihn etwas getan hätte. Wenn ich ihn nicht
gehabt hätte, hätte ich etwas getan, etwas Törich-
tes, das nicht rückgängig zu machen war.

Doch wer war ich, bestimmen zu können, was tö-
richt war? Vielleicht sollte ich einfach etwas tun,
etwas, das mir die Last von den Schultern nahm,
wissen zu müssen. Etwas, das es mir freistellte, tatsächlich zu vergessen. Doch diese Pille, die Handlung hieß, würde mich nicht intelligenter machen.
Sie würde meinen Schmerz lindern, für ein, zwei
Stunden. Und dann wäre ich wieder an dem Punkt,
an dem nicht zu wissen war, was sinnvoll war zu
tun. Mit dem Zusatz, gar nichts mehr zu haben.
Nicht einmal eine Pille, die meinen Schmerz für wenigstens ein, zwei Stunden zu lindern vermochte.

Also hob ich sie mir auf. Ich nahm diese missli-
che Handlung, warf sie in ein kleines, rundes Glas-
gefäß, schrieb Selbstmord auf das Etikett und ver-
packte sie weit hinten in meinem Verstand. Ich

bedeckte sie mit schönen Erinnerungen aus meiner Kindheit und verstellte sie mit Fantasien und erfundenen Geschichten, die selbst die verwegensten Lücken füllen konnten. Danach kehrte ich ihr den Rücken zu und fragte: „Wer bin ich?"

Ich wusste es nicht.

III

Doch was wusste ich noch alles nicht? Es gab unendlich viele Dinge, die ich mir nicht vorstellen konnte. Immer, wenn mein Geist an eine Grenze stieß, rieb mir Gott unter die Nase, was ich nie wissen konnte. Das Universum stellte mir einen unendlich großen Reichtum an dem zur Verfügung, was es beinhaltete, nur um ihn mir dann wieder wegzuschnappen und mir die Zunge zu zeigen. Wenn ich mich reckte und streckte und alles aus mir herausholte, konnte ich die Wahrheit gerade noch so mit meinen Fingerspitzen berühren. So wusste ich, dass sie da war. Doch zu fassen bekam ich sie mein ganzes Leben nicht.

Der Schatz außerhalb meiner Vorstellungskraft war unendlich, und jedes Mal, wenn ich versuchte, ihn auszugraben, stieß mein Spaten stumpf an meine Schädeldecke. Ich trug mein Gefängnis ununterbrochen mit mir herum. Es war die Materie selbst, die ich überwinden wollte. Als ich hörte, dass die Logik verbot, dass ein menschliches Gehirn sich selbst verstand, da es dann doch wieder so einfach wäre, dass es sich wieder nicht verstehen könnte, tat ich so, als wäre das lustig. Doch seit Großvaters Tod war nichts mehr so weit entfernt davon gewesen, lustig zu sein.

Diese Erkenntnis veranlasste mich dazu, mich umzudrehen und nach hinten zu gehen. Ich nahm eine Erinnerung und hob sie auf. Ich brauchte jetzt so einen Tag, wie der schöne Herbsttag es einer gewesen war. Die Vergangenheit war schön und einfach. Ich lächelte. Doch warum war sie das gewesen? War ich nicht gescheit genug gewesen, um zu sehen, was ich alles nicht sehen konnte? Das fühlte sich nicht richtig an. Vielleicht waren meine Arme noch zu kurz gewesen, um die Wahrheit berühren zu können.

Ich sah mich um. Ich war allein. Und im Herzen fühlte ich Einsamkeit. Sah ich nach unten, sah ich Gemeinsamkeit, und sah ich nach hinten, sah ich Einfachheit. Für ein glückliches Leben war ich zu hoch geklettert und für ein einfaches war ich zu weit gegangen. Was mich nicht wunderte, denn ich hatte nie ein glückliches Leben gewollt. Ich wollte immer nur nach oben. Und ob das Leben einfach war, hatte mich nie geschert, solange ich weiter vorpreschen konnte.

Aus Gewohnheit wandte ich meinen Blick wieder nach vorne und nach oben, und ich schreckte zurück, als meine Nase die Innenwand meines Schädels berührte.

IV

Mein neunzehntes Lebensjahr war geprägt von Sinneswandeln und Tempowechseln. Während ich in einem Moment einigermaßen glücklich durch das Leben flanierte, rannte ich im anderen, getrieben von Melancholie, jede Wand ein, die ich sah. War das Leben linear? War ein neunzigjähriger Gebrechlicher gleich glücklich wie eine Grundschülerin, die gerade lesen lernte? Fiel es vielleicht sogar ab, und die Welt wurde so lange kleiner und unerreichbarer, bis man es aufgab? Waren Menschen, die lange lebten, nun glücklich? Oder hatten sie es nur am längsten ausgehalten, am immergleichen Kaugummi herumzukauen, obwohl er schon seit über vierzig Jahren keinen Geschmack mehr hatte?

Ich hatte mein Leben gelebt, als würde es ansteigen. Mit jeder neuen Erkenntnis, die ich sammelte, würde mehr von der Welt mir gehören. Je erwachsener ich würde, desto freier würde ich sein. Doch jetzt, da ich nachweislich erwachsen war, entscheiden durfte, wann und wo ich Alkohol trinken wollte, ich allein hinreisen konnte, wo ich wollte, tat ich es trotzdem nicht. Ich hatte meinen Führerschein gemacht, ich verdiente mein erstes Geld. Es kam genauso, wie ich es mit fünf vorausgesagt hatte. Wenn man erwachsen war, lag einem die Welt zu Füßen. Doch ich rannte nicht hinaus in die Welt. Ich blieb lieber, wo ich war. Ich war jahrelang an der Startlinie gekniet, bereit, loszusprinten und in die Welt zu rennen. Meinen Blick starr hinaus gerichtet. Dabei hatte ich mir vorgestellt, wie kompliziert und gefährlich das Leben sein würde und wie aufregend und bunt es das machen würde. Wie viele Entscheidungen, die es zu treffen galt, wie viele Wege ich gehen könnte ... mein Leben würde wahrlich besonders werden. Doch als dann endlich der Startschuss ertönte, zögerte ich. Das Leben war eine Strecke voller Windungen und Kreuzungen. Wie viele davon wohl Sackgassen sein würden? Wenn ich mich verlaufen, falsch abbiegen würde, dann würde ich so viel Zeit verlieren. Ein einziger Fehler und mein optimales Leben wäre dahin. Und ich stand da, in Startposition, und mit jeder Sekunde wurde es schwieriger, loszurennen. Je länger ich da so kniete, zum Sprung bereit, desto lächerlicher kam ich mir vor. Ich schämte mich. Ja, oft vergingen Tage in meinem Leben als junger Erwachsener, in denen ich nichts tat, als mich zu schämen. Dafür zu schämen, dass ich nicht den Mut aufbringen konnte, endlich zu leben zu beginnen. All die Jahre in meiner Kindheit hatte ich die Erwachsenen gesehen, wie sie, die Welt weit vor ihren Füßen ausgebreitet, nichts taten als zu warten. Ich hatte die Menschen gesehen, die die Möglichkeit hatten, das zu tun, was ich schon lange gewollt hatte, nämlich die Welt zu erobern. Und ich hatte mir versprochen, wenn ich nur irgendwann an deren Stelle stünde, dann rannte ich Hals über Kopf hinaus in die Welt. Denn ich war anders. Ich würde die Welt erobern, so sagte ich. Doch wer war ich, zu behaupten, anders zu sein? Und jetzt kniete ich da, an der Startlinie, und rührte keinen Finger. Und immer häufiger stellte ich mir die Frage, wie all diese Menschen, die vor mir gekommen waren, das aushielten. Wie konnte ein Mensch im Wissen, alles erreichen zu können, nichts zuwege bringen und doch einverstanden damit sein? Das Universum betrog einen um nicht weniger als alles, und die Menschen taten es mit einem Achselzucken ab, als wäre das Leben ein Roulettetisch, an dem es nicht schlimm war, zu gehen, ohne etwas eingesetzt zu haben. So als gäbe es ein anderes Leben, in dem sie ihr Glück versuchen könnten.

„Ich wollte immer Schauspieler werden. Als ich ein Kind war, habe ich geglaubt, ich hätte das Zeug dazu. Ich stellte mir vor, in einem Film als Pirat zur See zu fahren. Nachdem ich meinen Oscar gewonnen hätte, wäre ich ein gemachter Mann. Ich hätte alles, was ich wollte. Doch ich entschied mich trotzdem dazu, Schreibwaren zu verkaufen. Versteh mich nicht falsch, ich bin zufrieden mit meinem Beruf, er ist sicher und bringt Geld ein. Es werden zwar keine renommierten Preise dafür vergeben, Füllfederhalter in bester Qualität zu verkaufen, aber wenn, käme mein beschauliches Geschäft sicher in die engere Auswahl. Es kann ohnehin nicht jeder einen Oscar gewinnen, oder nicht? Wo wäre denn dann noch die Besonderheit dabei?", sagten sie und boten dir zwei Premium Bleistifte zum Preis von einem an. Denn schlimmer, als nie zu spielen, war es für sie, zu verlieren.

V

Ich war an jenem Tag in die Berge gefahren, die so hoch waren, dass im späten Herbst schon genügend Schnee auf ihren Hängen lag, um Skilaufen zu können. Der Schnee war frisch und glitzerte, wenn die Sonne schien. Und das tat sie, und ich genoss es, wie jeder meiner Schritte mit einem leisen Knirschen begleitet wurde. Welch ein Zufall, dass genau diese Sportart meine war und ich nicht weit in die hohen Berge hatte. Wäre ich in Kamerun geboren worden, hätte ich vermutlich nie entdeckt, dass mir das Skilaufen so viel Freude bereitete. In den unsicheren Zeiten meines neunzehnten Lebensjahres hatte mir der Sport die Stetigkeit vermittelt, die es im Leben brauchte.

Nach zwei Stunden stand die Sonne schon tief, und ich war am Ende meiner vorgegebenen Zeit angelangt. Also kehrte ich zu meinem Wagen zurück und zog mich auf dem leeren Parkplatz um. Ich war spät dran gewesen an jenem Tag. Wie es schien, war ich der Letzte. Als ich mich ins Auto setzte, sah ich mich noch einmal um. Was hieß es, der Letzte zu sein? War ich nun der Beste oder der Schlechteste? Denn normal konnte ich kaum sein, es waren ja schon alle fort. War das ein Zeichen, dass ich etwas Besonderes war, oder nur ein Zeichen dafür, dass ich später aufgestanden war als alle anderen?

Ich startete den Motor und wunderte mich, das zu dürfen. Während ich die kurvige Gebirgsstraße nach unten fuhr, versank die Sonne still hinter wunderschönen, vergletscherten Bergen und tauchte den Abend in orangefarbenes Licht. Ich rief mir in Erinnerung, wie schön die Welt war. Im Tal angekommen, war es bereits dunkel geworden und die Landstraßen waren menschenleer. Ich merkte, dass es mir schwerfiel, den Blinker zu betätigen. Natürlich wusste ich, wohin ich fahren musste, um nach Hause zu kommen, doch in welche Richtung *wollte* ich fahren? Ich kam an der Kreuzung zu stehen, obwohl weit und breit kein Scheinwerferlicht zu sehen war. Ich war mir nicht sicher, in welche Richtung ich wollte. Ob nach Hause, oder ... eben nicht dahin. Allein kniete ich an der Startlinie, sah nach links und nach rechts und wusste nicht wohin. Doch nach einigen Sekunden überwand ich mich und fuhr in Richtung Heimat.

Was war das gewesen? Natürlich wollte ich nach Hause. Wo sonst sollte ich hinfahren?

„Kanada", spuckte mein Kopf aus. Ich schüttelte ihn kräftig. Ich musste doch nach Hause. Was würden Mutter und Vater denken, was würden meine Kollegen denken? Ich wollte doch Olympia gewinnen. Dafür musste ich ausreichend Schlaf bekommen nach dem Training. Und außerdem begann der Winter bald.

All diese Argumente beschwichtigten mein Gemüt. Bis die nächste Kreuzung kam. Und die nächste. Und wieder die nächste. Immer schwerer fiel es mir, in die rechte Richtung abzubiegen. Als ich dann nach einer Dreiviertelstunde Fahrt an einem Kreisverkehr angelangt war, geschah etwas.

Egal was ich versuchte, ich konnte nicht abfahren. Ich drehte erst eine Runde, dann eine zweite, eine dritte ... und mit jeder Runde wurde es schwerer, den blau-weißen Schildern nach Hause zu folgen. Langsam verzweifelte ich. Ich lenkte mein Fahrzeug an den Rand der Straße. Ich brauchte Zeit, um nachzudenken. Doch die Emotion übermannte mich, bevor ich einen Gedanken fassen konnte, und die Verzweiflung brach aus mir hervor wie ein Wasserfall. Ich weinte bitterlich. Lange weinte ich, weil ich mich nicht entscheiden konnte. Ich konnte es nicht. Ich wusste einfach nicht, was gut für mich war, ich wusste es einfach nicht. Warum konnte es nicht einfach gut werden, ohne dass ich mich dafür entscheiden musste?

Solche Dinge, wie der Vorfall mit dem Kreisverkehr, geschahen nicht oft in meinem Leben. Die meisten hatten etwas zu bedeuten. Dieses war das erste Anzeichen dafür, dass ich den letzten großen Stein nicht schon mit sechs umgedreht hatte. Seitdem ich gemerkt hatte, worauf es im Leben ankam, war ich nicht mehr erwacht. Ich hatte schon gedacht, dass das Leben einfach immer weiter abfallen würde und es das gewesen war. Doch vielleicht würde ich bald die Wahrheit wissen über die Welt. Vielleicht würde ich bald wissen, was nötig war, die Welt zu erobern. Und vor allem wollte ich wissen, was sie kostete. Dieses Ereignis, welches an jenem Tag geschah, an dem ich zum Skilaufen allein in die

Berge gefahren war, war der erste Schritt, zu begreifen, wer ich war.

VI

Ich hatte nicht damit gerechnet, dass sich fast dreizehn Jahre, nachdem ich gemerkt hatte, worauf es im Leben ankam, noch einmal ein Erwachen ankündigen würde. Doch es war etwas geschehen, dort, im Kreisverkehr, irgendwo zwischen den hohen Bergen und zu Hause. Und es war erlösend, dieses Gefühl. Insgeheim hatte ich mir ein Erwachen herbeigesehnt, seitdem ich achtzehn geworden war. Ich wollte etwas Großes, eine großflächige Umstrukturierung meiner Gedanken, um all diese Verwirrungen aufzulösen, die sich in mir angesammelt hatten.

Ich schlenderte durch die Stadt und genoss das Gefühl meiner bald eintretenden Weisheit. Es war bewölkt, doch trotzdem schön. Da ich bald erwachen würde, stellte sich natürlich die Frage, ob die darauffolgende Welt auch so sein würde diese hier. Vielleicht würde sie wieder einmal größer werden. Ob sie vielleicht sogar unendlich sein würde? Bei meinen bisherigen Erwachen war ich immer ein Kind gewesen, doch jetzt war ich erwachsen. Ich ging fest davon aus, dass jenes fundamentaler sein würde, vielleicht sogar endgültig. Vielleicht würde ich in Kürze durch eine Welt wandern, die so viel besser und so anders als alles Bisherige war, dass ich nur darüber lachen würde, wie dumm ich mein ganzes Leben gewesen war. Doch insgeheim hoffte ich, dass die nächste Welt so sein würde wie die unendliche Welt es gewesen war. Mit unendlich hohen und breiten Bergen und unendlich bunten Pflanzen. Vielleicht würde ich bald wieder über unendlich hohe Gipfel schlendern und Ozeanen dabei zusehen, wie sie vertrockneten. Vielleicht würde sich bei meinem nächsten Erwachen herausstellen, dass alles ein Irrtum war. Dass das Leben doch nicht so kurz und die Welt nicht so klein war. Vielleicht würde ich bald wieder auf den fliegenden Pferden reiten.

Wie so oft, wenn ich in die Stadt fuhr, um einzukaufen, zog es mich zuallererst in die Buchhandlung. Bücher rochen nach Wissen. So, hatte ich mir immer vorgestellt, musste die Spitze der Welt riechen. Die vollen Regale, auf denen dicht an dicht die Bücher standen, erinnerten mich an Großvater. Auch ihm hätte dieser Ort gefallen. Ich nahm ein Geologie-Journal der neueren Auflage aus dem Regal und schlug es auf. In so einem Buch hatte ich meine ersten Wörter gelesen. Während ich las, grinste ich. Aber nicht weil ich die Illustration von Magmablasen lustig fand, die über Jahrmillionen zu Granit erstarrt waren, sondern weil ich mich daran erinnerte, wie ich selbst Geologe werden wollte. Nach einigen Minuten interessanter Lektüre wusste ich, wo ich als nächstes hinwollte. Ich verließ die Naturwissenschaftsabteilung und fuhr in das Reisegeschoss. In diesem Stockwerk war es, als könnte man überallhin reisen. Ich sah Reiseführer von England und Italien, von Island und Bali, von Mallorca und von Rio de Janeiro. Ich sah Bilder von der

Kirschblüte in Japan und von den Reisplantagen der Philippinen. Mein Traum, alle Länder der Welt zu bereisen, flackerte auf. Es gab hier kein Buch, dessen Inhalt ich nicht gerne selbst gesehen hätte. Und schließlich fand ich den größten und schönsten Atlas, den ich je gesehen hatte. Das Buch war dunkelblau und glänzte schön. Es war richtig schwer, es aufzuschlagen. Doch als es mir gelungen war, hielt mich nichts mehr davon ab, für ein paar Stunden die Welt zu bereisen.

Die Buchhandlung war voll von Leuten wie mir, also fiel ich gar nicht besonders auf, wie ich stundenlang dastand, tief versunken in ein Buch, das sich über den ganzen Auslagetisch ausbreitete, als wäre die ganze Welt um mich herum gestorben. Diese Karten waren wahrlich bemerkenswert. Erst die Übergröße verlieh ihnen ihren besonderen Charakter. Langsam, so wie ich es im Alter von fünf Jahren bereits gemacht hatte, fuhr ich mit meinem Finger den Verlauf des Nils nach. Aufmerksam las ich die Namen der Städte mit. Es konnte gut eine Viertelstunde dauern, bis ich damit fertig war, und danach fühlte es sich so an, als hätte ich tatsächlich den Nil durchschwommen.

Ich tauchte in den pazifischen Gräben nach unentdeckten Tierarten, bewunderte die Größe Indonesiens und schwamm dann durch die Straße von Singapur geradewegs die Küste entlang nach Bangladesch, Indien und Sri Lanka. Vorbei an den sonnigen Stränden der Malediven und Seychellen, bis ich dann in Madagaskar an Land ging. Denn ich wollte die Lemuren und die großen Affenbrotbäume sehen. Während meiner Reise um die Welt sah ich oft wie durch einen Schleier einen Menschen, der sich über mich zu wundern schien, doch er war mir egal und ich wischte ihn zur Seite. Als ich mich sattgesehen hatte an der einzigartigen Tier- und Pflanzenwelt Madagaskars, köpfte ich wieder ins Wasser zurück und tauchte Richtung Atlantischem Ozean, wo ich Buckelwale traf, die gerade ins antarktische Meer zurückwanderten. Da ich Zeit hatte, schloss ich mich ihnen an. Sie erzählten mir von den warmen Gewässern nahe der Elfenbeinküste, wo sie jedes Jahr ihren Winter verbrachten. Ich ließ mich von ihren Geschichten bis nahe der Antarktis treiben, wo ich mich dann von ihnen trennte. Meine Reise führte mich vorbei an den steinigen Küsten der Südlichen Shetlandinseln, an denen riesige Gletscherzungen ins Südpolarmeer kalbten. Und bei all dem kühlen Anblick und dem ewigen Eis verlor ich die Lust am Schwimmen. Mit Feuerland betrat ich erstmals südamerikanisches Festland und machte mich entlang der chilenischen Küste nach Norden auf. In den Anden traf ich auf Bauten der antiken Hochkulturen, auf Gletscher und Vulkane. Ich schlug mich durch die grüne Hölle des Amazonas, passierte Kolumbien und Mittelamerika, bis ich mich in Mexiko wiederfand. Nachdem ich einen Teil der Rocky Mountains überquert und die Vereinigten Staaten von Amerika hinter mir gelassen hatte, hielt ich in Kanada inne. Ich sah tausende kristallklare Seen und vom Herbst bunt gefärbte

Wälder. Ich sah Lachse und Grizzlybären und endlose naturbelassene Landschaften. Ja, hier war es wert zu sein. Ich nahm einen Schluck aus einem Gebirgssee und betrachtete mich darin. Ich hatte das Gefühl, kurz davorzustehen, herauszufinden, wer ich war.

VII

Später an jenem Tag ging ich durch die Stadt mit einem Buch unter dem Arm, das sich trug wie ein Sack Zement, und fühlte mich dabei wie ein Held. Mein Kopf war ganz rot angelaufen wegen des Gewichts. Die Menschen schauten mich verwundert an, doch es machte mir nichts aus. Ich ging die Hauptstraße in Richtung eines Fastfood-Restaurants. Bei meiner Reise um die Welt hatte ich Hunger bekommen. Alle hundert Meter musste ich Halt machen und meinen neuen Atlas irgendwo absetzen, denn der Einband schnitt beim Tragen unangenehm ins Fleisch. Auch das zog die Aufmerksamkeit auf mich. Dies war die Art Aufmerksamkeit, bei der ich normalerweise das Bedürfnis hatte, mich zu erklären oder mein Verhalten zu ändern. Doch an jenem Tag war etwas anders.

Ich saß im ersten Stock des Restaurants und hatte mein neues Buch auf dem Platz neben mir gestellt, als wäre es mein Freund. Was auch stimmte. Ich freute mich über meinen Kauf. Zufrieden lächelte ich. Ich blickte aus dem Fenster und sah all diese Menschen, die Teil meiner Welt waren. Ich merkte, dass sich mein Blick auf sie verändert hatte. Während ich auf mein wahrlich ungesundes Essen wartete, sah ich im Augenwinkel, wie ein Mann zurückhaltend in meine Richtung zeigte und leise etwas zu seiner Begleitung sagte. Vermutlich dachte er, ich wäre verrückt oder sonderbar. Doch war es wirklich wichtig, was dieser Mann mit der orangefarbenen Basecap von mir dachte? Oder war es eben nur das, nämlich die Meinung eines fremden Mannes mit einer orangefarbenen Basecap, der sich nicht vorstellen konnte, wie es war, den Indischen Ozean zu durchschwimmen? Um ihn zu bestätigen, streichelte ich gedankenverloren über den Rücken meines Atlas, als wäre er mein Hund. Keine Meinung der Welt könnte mich von meiner Meinung abbringen. Gleichzeitig würde ich keine wichtige Rolle im Leben dieses Mannes mit der orangefarbenen Basecap spielen. Doch war mir das wichtig? Nein, eigentlich nicht. Wichtig war mir nur, dass ich glücklich mit meinem Atlas war. Es war nicht meine Aufgabe, eine wichtige Rolle im Leben dieses Mannes zu spielen. Ich musste nur der Held in meiner Geschichte sein, alles andere war nicht meine Angelegenheit.

Dann erwachte ich mitten am Tag in einem Fastfood-Restaurant.

Ich erkannte an jenem Tag, dass ich falschgelegen war, damit, worauf es im Leben ankam. Und weil ich ein Buch gekauft hatte, das sich trug wie ein Sack Zement, erkannte ich gleichzeitig, wer ich war.

Ich war der Held in meiner eigenen Geschichte.

Darum hatte ich gedacht, die Welt erobern zu können. Darum hatte ich geglaubt, als einziger über die Grenze der Welt sehen zu können. Deswegen war ich davon ausgegangen, Astronom, Autor, Eisverkäufer, Farbmischer, Gärtner, Geograf, Geologe, Koch und Polizist werden zu können.

Und während ich weiter darüber nachdachte, was es hieß, der Held in seiner eigenen Geschichte zu sein, merkte ich plötzlich, dass der Mann mit der orangefarbenen Basecap nicht mehr da war. Auch seine Begleitung war verschwunden. Ich schaute auf die Straße, und sie war menschenleer. Ich drehte mich um, auch hinter mir war niemand. Und bevor ich noch recht begreifen konnte, dass alle Menschen außer mir verschwunden waren, sah ich die Welt schrumpfen. Alles wurde kleiner und immer kleiner, und weil ich Panik bekam, rannte ich auf die Straße. Ich beobachtete, wie die Häuser um mich herum erst auf zehn, dann auf fünf, dann auf einen Meter schrumpften, bis ich wie ein Riese in einer menschenleeren Miniaturstadt stand. Doch die Welt schrumpfte in unvorstellbarer Geschwindigkeit immer weiter, bis ich nicht mehr sagen konnte, ob ich nun auf ihr stand oder die Welt auf mir. Und schließlich existierte nichts mehr als ein bisschen Licht und ich selbst.

SECHSTER TEIL

WAS DIE WELT IST

I

Ohne Zweifel waren die letzten Augenblicke in der Welt, in der ich geglaubt hatte, zu wissen, worauf es ankam, Teil eines Erwachens gewesen. Obwohl ich wohl nichts in meinem Leben, als das Lesen und dieses Erwachen derart herbeigesehnt hatte, hatte ich nicht geglaubt, dass es so schnell gehen würde. Und obwohl ich wusste, dass dies ein Erwachen gewesen sein musste, denn anders konnte ich mir ein völliges Verschwinden der vergangenen Welt kaum erklären, war ich dennoch verwirrt. *Was war dies für ein Ort?* Ich drehte mich einmal komplett im Kreis und sah: nichts. Der Boden war blass-grau und schien von einem sanften Nebel überzogen, und er erstreckte sich in die Unendlichkeit. Ich hockte mich hin und berührte ihn, was eigenartig war, denn es war, als würde ich nichts berühren. So als hätte der Boden keine klar definierte Grenze, sondern einen Bereich, in dem er zu jedem Zeitpunkt gleichzeitig existieren konnte. Fast als suchte er sich aus, ob er einen nun trug oder nicht.

Während ich da so hockte, und meine Hände hin und her streichen ließ, blickte ich kurz nach oben und fuhr zusammen. Denn da war kein Himmel, sondern da war nur Schwarz. Aber keine Dunkelheit wie in der Nacht, sondern eine so undurchdringliche Schwärze, wie ich sie noch nie zuvor gesehen hatte. Ich wollte nicht wieder aufstehen, denn dann würde ich dieser Dunkelheit näher kommen. Lieber wollte ich mich hinlegen und auf diesem Wege so viel Distanz wie möglich zwischen dem absoluten Nichts und mir selbst bringen. Und da alles andere egal war, und nur wichtig war, was ich wollte, legte ich mich wie ein Seestern auf den Boden hin und fühlte mit meinem Rücken den weichen Nebel. Ich kann nicht sagen wie viel, aber ich verbrachte lange Zeit zu Beginn in dieser Welt damit, auf dem Rücken zu liegen und in das bedrohliche Schwarz zu schauen. Während ich da so lag, flossen meine Gedanken nur zäh. Denn es war egal, ob ich nun langsam dachte oder schnell, ich würde niemanden beeindrucken müssen. Ich würde keinem Menschen gefallen müssen. Ich spürte, wie sich die Stelle zwischen meinen Augenbrauen entspannte. Es war egal, ob ich nun noch zwei Minuten oder zehn Jahre da lag. Es war egal, ob ich weitermachte, denn keiner würde mich sehen. Tatsächlich kam mir diese Welt äußerst bekannt vor. In mir breitete sich ein Gefühl des Wiedersehens aus. So als würde man einen alten Freund treffen, nachdem man sich viele Jahre zuvor aus den Augen verloren hatte.

Und dann kam mir ein Gedanke. Es war egal. Also streifte ich meine Socken ab und warf sie weg. Sie fielen geradewegs durch den Boden unter mir hindurch. Ich zog meinen Pullover und mein Unterhemd aus. Auch sie verabschiedeten sich durch den Boden dieser Welt. Schlussendlich ließ ich, ohne mich noch einmal umzusehen, meine Hosen hinunter und schleuderte sie mit meinem nackten Fuß zur Seite. Jetzt lag ich völlig nackt auf dem Boden. Ich begann zu lachen. Das Schwarz und ich begannen, Freunde zu werden.

II

Irgendwann fasste ich den Entschluss, diese neue Welt genauer zu untersuchen. Also ging ich ein Stück. Hätten sich meine Beine nicht bewegt, hätte ich wohl nicht sagen können, ob ich überhaupt vorankam. Denn diese Welt war völlig leer. Aber es war egal und deswegen beschloss ich, einfach weiterzugehen.

Nach sehr langer Zeit blieb ich stehen und sah mich um. Dieser Ort war gleich wie derjenige, an dem ich Stunden zuvor aufgebrochen war. Als stünde ich im Zentrum der Welt, weit weg von irgendwelchen Grenzen. Diese Welt war eigenartig. Es gab hier nichts. Keine Menschen, keine Gebäude, keine Flüsse, keine Blumen oder irgendwelche anderen Pflanzen, keine Tiere. Es war schon Stunden her, dass ich etwas anderes gesehen hatte als meine Füße oder meine Hände. Vielleicht war es auch schon Tage her oder Jahre, denn ich konnte an nichts festmachen, wie viel Zeit seit meiner Ankunft in dieser Welt vergangen war. Ich war mir nicht einmal sicher, ob es in dieser neuen Welt überhaupt so etwas wie Zeit gab. Das Einzige, was ich über diese Welt wusste, war, dass alles egal war. Es war egal, eine undefinierte Zeit lang nackt auf dem Boden herumzuliegen und in die Unendlichkeit zu schauen. Es war egal, ob ich dachte, es war egal, ob ich rannte oder ob ich ging. Ich wäre immer am gleichen Punkt. Immer im Zentrum einer unendlich großen Welt, weit weg von irgendwelchen

Grenzen. Es gab nichts als mich und ein bisschen Licht.

Doch wenn alles egal war, was war diese Welt dann? Wenn es egal war, ob ich nun nichts oder alles tat, warum gab es diese Welt dann überhaupt?

Das war herauszufinden. Bis jetzt hatten sich alle Welten aufgrund meiner Logik offenbart. So musste auch diese logisch erklärbar sein. Ich ging in Gedanken in die Zeit, bevor ich hier gelandet war. Das Letzte, an das ich mich erinnerte, das nicht hier war, war kurz vor meinem Erwachen geschehen. Ich hatte erkannt, dass es egal war, was andere von mir dachten. Kurz danach waren alle Menschen um mich herum verschwunden. Ich hatte widerlegt, dass andere Menschen wichtig für die Eroberung der Welt waren. Hatte ich sie weggedacht? Das hörte sich komisch an. Und als ich formuliert hatte, dass ich der Held in meiner eigenen Geschichte war, hatte die Welt zu schrumpfen begonnen. Bis ich ein Riese gewesen war und irgendwann größer als alles andere um mich herum, bis die ganze Welt auf meiner Brust gelegen war. Und schließlich war sie verschwunden. Und dann war ich hier gewesen, im Nichts. Ich hatte ein mulmiges Gefühl in der Magengegend. Hatte ich die Welt widerlegt? Konnte ich so etwas? Ich fühlte mich schuldig. Nein, ganz weg konnte sie doch nicht sein. Ich hatte sie schrumpfen sehen und nicht verschwinden. Also war sie vermutlich einfach so klein geworden, dass sie unsichtbar geworden war.

Und dann traf mich die Erkenntnis wie ein Blitz. Die Welt war in mir! Natürlich, es musste so sein. Die Welt war so klein geworden, bis sie einfach durch mich hindurch in mein Innerstes gewandert war, und sich dort versteckt hatte.

Ich blickte an mir hinunter. Kurz erschrak ich, denn ich hatte vergessen, völlig nackt zu sein, was in diesem Fall ein nicht unerheblicher Vorteil war. Denn ich musste in mir suchen. Außerhalb von mir gab es nichts als ein bisschen Licht. Bis auf mich war diese Welt völlig leer, also musste alles Übrige in mir sein. Doch wie kam ich da ran? Verlangte die Welt von mir, mich aufzuschneiden, um sie zu sehen? Nein. Ich war hier aufgrund meiner Gedanken gelandet. Alles in meinem Leben war aufgrund meiner Gedanken geschehen. Bis jetzt hatte ich noch immer alles in meinem Kopf erreichen können. Ich hatte unendlich lange Wege zurückgelegt in meinem Kopf. In meiner Vorstellungskraft hatte ich neun Berufe gelernt. Ich hatte Pflanzen, Gesteine und neue Rezepte erschlossen. In meinem Verstand war ich bereits durch alle Gegenden des Globus gewandert, ohne Müdigkeit vorzuschützen. Ich hatte mit der gesamten Bevölkerung Chinas gesprochen und gleichzeitig all ihre Märchen und Geschichten aufgeschrieben, nur um sie dann vorlesen zu können. Ich war über die Anden und den Himalaja gewandert, hatte mich von Feuerland bis nach Alaska durchgeschlagen und auf meinen Reisen Lachse, Grizzlybären und Weißkopfseeadler gesehen. Ich hatte sogar Freunde gefunden, in der Zukunft.

Freunde, die mich als normalen und umgänglichen Menschen kannten, der nicht besonders auffiel. Der zielstrebig und willensstark war. Dem man zutraute, vielleicht sogar eines Tages die Olympischen Spiele zu gewinnen. In meinem Kopf hatte ich den schwierigsten Aufgaben mit einem Achselzucken gegenübergestanden. Nichts würde mir in der Zukunft gewachsen sein. Keine Schluchten würden tief genug, keine Berge hoch genug, keine Gegenden unbekannt genug sein, um mir die Stirn bieten zu können. Denn in der Zukunft war ich Eroberer, Philosoph, Dichter und Forscher. Ich war Astronom, Autor, Eisverkäufer, Farbmischer, Gärtner, Geograf, Geologe, Koch und Polizist. Ich musste dorthin. Ich musste in mich hinein.

Also legte ich mich wie ein Seestern auf den nebeligen Boden und begann zu träumen.

In mir war es dunkel und warm. Ich hörte mein Herz schlagen. Lange hatte ich das nicht mehr gehört. Auf der Suche nach der Welt wanderte ich durch meinen Körper. Ich wanderte durch meine Beine und meinen Bauch. Zum allerersten Mal in meinem Leben sah ich mich von innen. Das kam mir widersprüchlich vor. All diese Zeit hatte ich die Welt in mir getragen, und ich habe sie nie gesehen, weil ich nie auf die Idee gekommen war, in mir zu suchen. Es war komisch, seine eigenen Organe, Muskeln und Knochen zu sehen, aber alles schien so vertraut. Und es schien so nah. Als ich ihn sah, begann ich meinen Körper zu spüren. Als ich meine untere Wirbelsäule sah, spürte ich den gewohnten Schmerz in meinem Rücken. Doch jetzt kam er mir anders vor. Jetzt, da er so nah war, und ich ihn direkt vor meinen Augen hatte, war er wichtiger. Plötzlich kam mir dieser Schmerz, an den man sich gewöhnen konnte, so schlimm vor, dass er kaum zu ignorieren war. Plötzlich war nichts mehr wichtiger als dieser Schmerz in meinem Rücken und ich wollte mir helfen, dass es besser wurde. Doch jetzt konnte ich mir nicht helfen, ich musste die Welt suchen, also ging ich weiter zu meinen Händen. Vielleicht hatte sich die Welt ja in ihnen versteckt.

Der Bereich das Armes unterhalb des Ellbogens war der gelenkigste Teil des Körpers. Das hatte ich in der Schule gelernt. Die Handwurzelknochen, Elle und Speiche, die sich überlappen konnten, die vielen kleinen Gelenke in den Fingern … all dies ermöglichte ein Unmaß an verschiedenen Stellungen. Doch hatte ich das auch begriffen? Hatte ich mir je die Zeit genommen, all jene auszuprobieren? Doch jetzt hatte ich keine Zeit dafür, ich musste die Welt suchen. Ich schaute erst zwischen Elle und Speiche nach, dann hinter jedem der kleinen Handwurzelknöchelchen, ich suchte im Daumen und zwischen den Mittelhandknochen. Und kurz bevor ich bei meinen Fingerspitzen angelangt war …

„Sie ist nicht hier."

Die Stimme hallte laut und furchteinflößend. Es schien, als käme sie von allen Seiten gleichzeitig. Doch ich war ein Eroberer in der Zukunft, also hatte ich keine Angst.

Ich fragte laut: „Wer ist da?"

„Du kannst verschwinden. Du wirst sie hier nicht finden", hallte die Stimme.

„Wen werde ich hier nicht finden?"

„Die Welt", antwortete sie. „Deswegen bist du doch hier, oder?"

Woher …? Ich drehte mich im Kreis.

„Woher weißt du das?", rief ich.

„Weil wir ein Teil von dir sind", antwortete die Stimme. „Wir sind deine Hände."

Ich dachte nach. Meine Hände also. Und sie konnten sprechen?

„Natürlich können wir das. Alle Teile von dir haben eine Stimme, schon dein ganzes Leben. Du bist nur nicht besonders gut darin, zuzuhören." Sie wussten auch, was ich dachte. Warum war mir das noch nie aufgefallen? Doch jetzt ging es darum, herauszufinden, wohin die Welt verschwunden war.

„Ihr habt gesagt, ihr wisst, dass die Welt nicht in euch ist. War sie denn schon mal hier?"

Nach meiner Frage verstummten meine Hände für einige Augenblicke. Es war nahezu völlig still. In der Ferne hörte ich leise mein Herz schlagen. Ich spürte, wie das Blut durch meine Adern floss. Ich hörte, wie Luft in meine Lungen strömte.

Dann sprachen meine Hände leise: „In der Tat. Die Welt war vor langer Zeit einmal in uns. Doch diese Zeit ist vorbei."

Ich fragte ungeduldig: „Wo ist sie jetzt?"

„Das weiß wohl niemand", sagten sie. „Hier ist sie jedenfalls nicht. Nicht mehr."

Und dann verstummten meine Hände. Egal was ich versuchte, sie wollten nicht mehr mit mir sprechen. Enttäuscht zog ich von dannen.

IV

Ich bewegte mich wieder ins Zentrum meines Körpers, und mein Herzschlag wurde immer lauter. Dank meiner Hände wusste ich jetzt, dass meine Körperteile sprechen konnten, also würde ich in Zukunft hinhören, was sie zu sagen hatten. Ich bewegte mich in die Mitte meines Brustkorbes, ich wollte mein Herz sehen. Auf dem Weg dorthin bestaunte ich die Größe und Gesundheit meiner Lungen. Das Training für Olympia hatte sich wahrlich ausgezahlt. Ich erwartete, dass der Herzschlag zwischen meinen Lungenflügeln ohrenbetäubend sein musste. Doch als ich bei meinem Herzen ankam, war er immer noch leise. Und mein Herz war: klein. Es war so klein, dass es kaum zu sehen war. Wie eine Vergissmeinnichtblüte lag es im Zentrum meines Körpers, winzig, aber wunderschön.

„Kannst du mich hören?", fragte ich den kleinen Fleischklumpen, der mein Herz war. Keine Antwort. Vielleicht hatten meine Hände gelogen, und es stimmte gar nicht, dass alle Körperteile sprechen konnten.

„Hallo!", sagte ich etwas lauter. „Ob du mich hören kannst, habe ich gefragt!"

„Warum sollte ich?", tönte eine leise, fiepsige Stimme. Sie wirkte beleidigt.

Ich war perplex. Was hatte das zu bedeuten?

„Kaum zu glauben, dass sich der nette Herr einmal herbequemt, nach all diesen Jahren. Sieh mich nicht an, als wüsstest du nicht, wovon ich spreche!

Ach, mit dir ist sowieso nicht mehr zu reden! Ich hätte den Mund gar nicht aufmachen sollen. Sieh zu, dass du davonkommst!"

Ich hatte keine Ahnung, was das hieß. Es ging mir alles zu schnell. Ich zögerte.

„Jetzt stell dich nicht so an. Als du beschlossen hast, mich zu vergessen, hast du auch keinen Moment gezögert. Ich habe geschrien und getobt und gewütet, und du hast alles getan, damit du mich nicht hören musst. Jedes Mittel war dir recht, das dir half, zu vergessen, dass es mich gibt. Du hast mich klein gemacht, damals. Ich war im Begriff, die Welt zu erobern, und dann hast du alles zunichtegemacht!"

Ich wurde hellhörig.

„Also hast du die Welt auch einmal gehabt?", fragte ich mein Herz.

„Natürlich", antwortete es schnippisch, „bis du sie mir weggenommen hast."

„Und weißt du, wo ich sie hingebracht habe?"

„Nach oben", sagte es und verstummte, wie meine Hände verstummt waren.

V

Nachdem mir mein altkluges Herz bestätigt hatte, dass die Welt irgendwo in mir war, erhärtete sich in mir eine Ahnung. Irgendetwas war hier im Gange. Und es hatte ausschließlich mit mir zu tun. Ich ahnte, in meinem Kopf etwas Großes vorzufinden. Also ließ ich mein Herz links liegen und eilte durch meinen Hals hinauf zu meinem Kopf.

Im Grunde war mein Verstand ein großer, leerer Platz. Die Wände waren so hoch, dass keine Decke zu sehen war, und sie leuchteten schwach. In der Mitte des Platzes war es völlig dunkel. Suchend schaute ich mich um. Mein Herz hatte gemeint, hier hätte ich vor langer Zeit die Welt hingebracht. Doch es war nahezu finster, hier, in meinem Kopf. Und still.

„Hallo?", rief ich zurückhaltend. „Ist da jemand?"

Ich beschloss, in die Dunkelheit zu gehen und da weiterzusuchen. Je weiter ich in meinen Kopf vordrang, desto finsterer schien es zu werden. Doch in der Zukunft hatte ich keine Angst vor der Dunkelheit. Lange Zeit ging ich immer weiter, bis ich nicht einmal mehr meinen Körper sehen konnte, wenn ich an mir hinunterblickte. Nach Ewigkeiten nahm ich in der Ferne ein schwaches Leuchten wahr. Ich ging auf es zu. Es schien von einem einzigen Punkt auszugehen, welcher so weit weg war, dass ich gar nicht sagen konnte, ob ich tatsächlich näher kam. Nach Ewigkeiten zeichneten sich Konturen ab. Was immer da leuchtete, es war mehr als nur eine Lampe. Bis ich merkte, dass dieser Punkt eine Person war, die gefesselt auf dem Boden lag. Und sie schien Hilfe zu benötigen. Also beschleunigte ich meine Schritte und fing an zu rennen.

„Ich komme!", rief ich. „Ich komme und helfe Ihnen!"

Bald erkannte ich, dass es sich bei der Person um einen nackten Mann handelte, der auf eigenartige Weise zu leuchten schien. Die Hände hinter dem Körper gefesselt, lag er auf dem Bauch. Über den gesamten Rücken hatte er tiefe, halb verheilte Narben. Doch er schien noch zu leben. Ich kniete mich zu ihm hin.

„Keine Sorge, ich helfe Ihnen!", beschwichtigte ich ihn, obwohl ich mir nicht sicher war, ob ich das konnte. Ich war ja völlig allein. Der Mann stöhnte vor Schmerz. Zuallererst begann ich, seine Fesseln zu lösen. Sie bestanden aus fest verknoteten, blutunterlaufenen Leinentüchern. Ich brauchte eine Ewigkeit, um sie aufzubekommen. Und als es mir gelungen war, sah ich seine Handgelenke. Die Tücher hatten sich tief in sein Fleisch eingeschnürt, sie hinterließen hässliche Wunden. Doch jetzt konnte der Mann seine Arme bewegen. Es schien ihm wehzutun. Langsam stemmte er sich hoch. Ich nahm seine Schulter, um ihm beim Umdrehen zu Helfen.

„Überraschung!", sagte er.

Ich schreckte hoch und fuhr zurück. Der leuchtende Mann hatte eine Augenbinde umgelegt, doch er schien mich mit seinem Blick zu fixieren. Er stand auf, als sei nichts gewesen. Als er sich bewegte, knackten seine Gelenke. Er ließ seinen Nacken kreisen und stöhnte dabei. Er war völlig abgemagert, seine Rippenbögen und Wangenknochen zeichneten sich ab. In seinem Brustkorb klaffte ein tiefes Loch. Sein ganzer Körper war blutüberströmt. Er hatte Verletzungen, die unmöglich zu überleben waren. Und dennoch stand er vor mir.

„Kennst du mich noch?", fragte er.

Seine Stimme klang vertraut. Ich war sprachlos. Ich kam mir vor wie in einem Horrorfilm.

„Das enttäuscht mich jetzt", sagte er. „Wir wollten gemeinsam die Welt erobern, weißt du nicht mehr? Wir wollten auf die höchsten Berge klettern."

Was redete er da? Wer war das?

„Wir zwei sind immer ein eingespieltes Team gewesen. Wenn es darum ging, zu träumen. Während die anderen nur darauf warteten, hatten wir es bereits getan."

Er ging auf mich zu. Ich wich zurück. Er blieb stehen und sah an sich hinunter.

„Ach das", sagte er verständnisvoll.

„Ich muss nicht so aussehen, wenn du das nicht willst. Du musst es allerdings wirklich wollen. Wünschen reicht nicht."

Ich war verwirrt.

„Und sag doch bitte du zu mir, ja? Komm, gehen wir ein Stück."

Der leuchtende Mann mit den verbundenen Augen nickte in die Dunkelheit. Und ohne meine

Reaktion abzuwarten, ging er von dannen, und mit ihm sein Licht. Ich blieb stehen. Was hatte das zu bedeuten? Als es um mich herum immer dunkler wurde, je weiter der Fremde sich von mir entfernte, lief ich ihm nach, bevor ich ihn aus den Augen verlor. Als ich zu ihm aufgeschlossen hatte, grinste er mich an, sagte allerdings nichts. Mit einigen Metern Abstand ging ich hinter ihm her.

„Wo gehen wir hin?", fragte ich nach einer Weile.

„Wohin du willst", sagte der leuchtende, blinde Mann.

Seine kryptischen Antworten waren mir keine Hilfe.

„Die Frage ist: Wohin willst du?"

Dann schwiegen wir wieder. Zu zweit gingen wir im Schein des Fremden, der erstaunlich hell war. Soweit ich ausmachen konnte, war der Mann mit der Augenbinde wohl die einzige Lichtquelle in meinem Kopf. Doch wohin sollte das Ganze führen? Nach langem, stummem Marschieren wurde ich ungeduldig.

„Wer bist du?" Meine Frage klang wütender, als ich gewollt hatte.

„Ich bin die Stimme in deinem Kopf", sagte der Mann bloß und schwieg wieder.

Es war zwecklos. Er würde mir keine normale Antwort geben.

VI

Ich konnte nicht sagen, wie lange sie war, doch nach einer sehr langen Zeit blieb der leuchtende Mann mit der Augenbinde plötzlich stehen.

„Dachte ich es mir doch!", sagte er voller Freude.

„Was?", fragte ich, der mittlerweile jeglichen Respekt verloren hatte.

„Sieh doch!", meinte er und deutete zu seinen Füßen.

Anfangs konnte ich meinen Augen kaum trauen, doch unmittelbar vor seinen Zehen war plötzlich ein Fluss, der durch die Dunkelheit floss. Ich hatte ihn gar nicht kommen sehen. Er war so breit, dass es nicht möglich war, das andere Ufer im Schein des Mannes zu sehen. Das Wasser dieses Flusses war grell orange und strömte leise vor sich hin.

Der Mann drehte seinen Kopf nach links und nach rechts.

„Klare Sache", bemerkte er, „du willst wohl, dass wir hindurchschwimmen, um zu sehen, was auf der anderen Seite ist."

Er hechtete in die unbekannte Flüssigkeit. Ich war erschrocken. Für einige Sekunden war es so dunkel, dass ich die Hand vor Augen nicht sehen konnte. Dann streckte der Mann mit der Augenbinde seinen Kopf aus dem Wasser und augenblicklich wurde es wieder hell. Zögernd stand ich am Ufer.

„Na komm", sagte der Mann und winkte aus dem Wasser, „das hatten wir doch schon."

Also folgte ich ihm hinein. Es war kalt, jedoch angenehm. Es fühlte sich vertraut an. Dann schwammen wir los.

Wir schwammen stundenlang. Vielleicht waren es Tage, aber das war schwer zu sagen. Ich wurde nicht müde, und wie es schien, der blinde Mann auch nicht. Die Situation behagte mir zwar nicht, doch sie störte mich auch nicht länger. Diese ganze Sache schien zu irgendetwas zu führen, und das stimmte mich zuversichtlich.

Als wir nach einer unbestimmten Zeit das andere Ufer erreichten, kletterten der leuchtende Mann und ich aus dem Wasser. Ich sah mich um. Wir standen am Rande eines Waldes, mit hohen Bäumen, Blumen, Lianen, riesigen, dunkelgrünen Blättern, und mit Sicherheit lebten darin auch wilde Tiere. Es war zwar völlig still am anderen Ufer des orangefarbenen Flusses, doch es war diese geräuschvolle Stille, die entstand, wenn etwas den Atem anhielt. Der Mann mit der Augenbinde schaute sich um und grinste.

„Das ist schon besser", sagte er und ging geradewegs in den Dschungel hinein. Ich folgte, ohne zu überlegen.

Während wir uns durch den Dschungel schlugen, merkte ich, dass meine Haare völlig nass waren. Und ich spürte, dass ein leichter Wind anfing zu wehen und es eigentlich ziemlich kühl war, hier am anderen Ufer des Flusses.

„Ich friere gar nicht", bemerkte ich.

Ohne sich umzudrehen sagte der Mann: „Willst du denn frieren?"

„Nein."

„Dann ist es doch gut", sagte er.

Doch ich ließ nicht locker diesmal: „Aber ich sollte frieren."

„So", erwiderte der Fremde, „solltest du das?"

„Ja, das sollte ich."

„Warum?"

„Weil das einem die Logik sagt. Schwimmt man stundenlang durch einen kalten Fluss und steigt dann, ohne sich etwas anzuziehen oder sich abzutrocknen, aus dem Wasser, muss man frieren. Speziell, wenn es kühl ist. Und hier ist es kühl", erklärte ich und deutete um mich.

„Ach, muss man das?"

Der stellte sich doch dumm. Der sollte doch endlich Klartext reden.

„Ja, weil es logisch ist", wiederholte ich.

„Doch ich dachte, du willst gar nicht frieren?", wiederholte er.

„Ja, aber es tut nichts zu Sache, was man will."

„Seit wann?"

„Ja schon immer. Nichts ist plötzlich da, nur weil man das will. Ich kann mir auch keinen Porsche wünschen und der erscheint dann."

„Natürlich erscheint der Porsche nicht, wenn du ihn gar nicht willst."

„Ich sagte doch gerade ..."

Dann blieb er plötzlich stehen und ich stieß mit ihm zusammen. Dabei merkte ich, dass einige der Wunden an seinem Körper bereits verheilt waren.

„Was soll das?!", schimpfte ich.

Doch der Mann mit der Augenbinde blieb ruhig.

Er fragte, ohne sich umzudrehen: „Du willst also, dass ich endlich Klartext rede?"

„Woher willst du das wissen?", fragte ich wütend über seine Schulter.

„Na, steht doch da", sagte der Mann und deutete vor sich. Vor uns stand eine schlichte, alte Parkbank, mitten im Wald. Und an der Lehne dieser Bank waren folgende Worte eingeritzt: „Sprich endlich Klartext".

Der Mann sagte: „Wenn du das willst, setzen wir uns und reden. Ich werde dir alle Fragen beantworten, egal welche es sind."

Das kam mir suspekt vor.

„Warum auf einmal?", fragte ich.

„Weil du das willst."

„Doch das habe ich schon vor Ewigkeiten gewollt!", rief ich empört.

Der Mann setzte sich und legte seine Arme offen auf die Lehne. Er schlug seine Beine übereinander und grinste in den Wald hinein.

VII

Der blinde, leuchtende Mann und ich saßen auf der Parkbank im Wald im Herzen meines Verstandes, als hätten wir schon immer dort gesessen. Die ersten Minuten schwiegen wir um die Wette und lauschten in die Stille. Ich nutzte diese Zeit, um nachzudenken. Doch ich konnte keinen sinnvollen Gedanken fassen. Ich hatte die Möglichkeit, den Mann mit der Augenbinde zu fragen, was ich wollte, doch es formulierten sich einfach keine Worte.

Nach einer unbestimmten Zeit drehte sich der Mann zu mir und stellte eine kleine Ampulle zwischen uns. Wieder etwas, das aus dem Nichts erschienen war, doch mit der Zeit gewöhnte man sich an so was. Sie war durchsichtig mit silbernem Schraubverschluss. Darin lag eine kleine rote Pille. Ich hob sie auf. Auf dem Etikett stand: *Selbstmord*.

„Ich erinnere mich", sagte ich leise.

„Fürchtest du dich vor dem Tod?", fragte der Fremde.

„Ja", antwortete ich ehrlich.

„Warum?"

Ich blieb eine Antwort schuldig.

„Warum fürchtest du dich davor, dich umzubringen?"

Wieder schwieg ich. Ich hielt die Ampulle fest in der Hand.

„Du weißt es doch, nicht wahr? So wie ich es weiß", sprach der Fremde.

Ich wusste es nicht.

„Es ist der gleiche Grund, wegen dem du dich daran aufgehangen hast, dass du nicht gefroren hast."

Ich starrte auf die kleine rote Pille.

„Kurz bevor wir uns trafen, hast du etwas Wichtiges herausgefunden. Ich möchte, dass du mir sagst, wer du bist."

Ich antwortete: „Ich bin der Held in meiner eigenen Geschichte."

„Ja, richtig. Doch hast du auch über die Folgen dieser Erkenntnis nachgedacht?"

Stumm schüttelte ich den Kopf.

„Du fürchtest dich nicht vor dem Sterben. Es ist vielmehr der Gedanke, dass du früher oder später sterben wollen könntest, der dich umtreibt."

Er machte eine Pause.

„Als du aus der Welt, in der glaubtest, zu wissen, worauf es ankam, erwacht bist, hast du erkannt, dass du das Zentrum deiner Welt bist. Du hast gesehen, dass anderer Menschen Meinungen nicht das sind, was sie vorgeben zu sein. Von deinem Standpunkt aus gesehen sind sie so klein, dass sie unwichtig erscheinen. Doch was bleibt dann noch von der Welt? Wenn es nicht wichtig ist, zu besitzen, es nicht wichtig ist, Erfolg zu haben, es nicht wichtig ist, beliebt zu sein, drängt sich das letzte Problem auf. Das Problem des Todes. Wenn all diese Dinge, die du als wichtig angesehen hattest, verschwinden würden, wenn die gesamte Welt um dich herum so klein werden würde, bis sie unwichtig würde, bliebest nur du selbst."

„Was hat der Tod mit dem Ganzen zu tun?"

„Denk nach! Was ist die einzige Handlung geblieben, die du setzen kannst, die tatsächlich etwas am Zustand der Welt ändert, wenn alles außer dir unwichtig ist? Du erkanntest, dass du allein bist. Mutterseelenallein. Auf dem Weg zu dir selbst hast du dich freigemacht von allem und jedem. Du siehst die Welt nun, wie sie ist. Mit all ihrer Unzulänglichkeit. Wer bist du tatsächlich? Was bist du wert? Winkt der Tod nicht verlockend für einen einsamen Lurch? Nur dass du kein Lurch bist. Du bist weniger. Du bist nur einsam. Denn du bist mehr als deine Instinkte, du hast einen Verstand, der dich erkennen ließ, dass du einsam bist, hier oben, am Gipfel des höchsten Berges der Welt. Warum also weiterleben, wenn der Tod alles gleichmacht?"

„Doch ich will gar nicht sterben!", empörte ich mich.

„Genau! Doch warum nicht? Es ist nur logisch, sterben zu wollen. Es ist der letzte Rest eines tierischen Instinktes, der dich zurückhält. Du bist dumm, weil du atmest, verstehst du das? Würdest du aufhören damit, wärst du endlich nicht mehr so beschränkt. Du wurdest betrogen, mit dem Moment, als du geboren wurdest. Dir wurde eine Welt versprochen. Eine Welt, in der du dich entfalten kannst, in der du du selbst sein kannst. In der du die tiefsten Schluchten und die höchsten Berge besteigen kannst. Eine Welt, die du erobern, erforschen, entdecken, schmecken, riechen und spüren kannst. Dir wurde weisgemacht, all diese bunten Blumen, die riesigen Bäume, die Geschichten, die Menschen, die Flüsse, die Temperaturen, die Erlebnisse würden dir gehören. Doch man hat dir nicht gesagt, wie egal du bist. Also frage ich dich noch einmal: Warum willst du nicht sterben?"

Ich war sprachlos. Und viel wichtiger als das: Ich konnte mir nicht erklären, warum ich nicht sterben wollte.

„Der Grund, wieso du nicht sterben willst, ist, weil du etwas weißt. Du weißt etwas, tief in dir drinnen. So wie du weißt, dass der Tod etwas geheim hält vor Menschen, wie du es einer bist. Denn obwohl alles, was ich sagte, einen wahren Kern hat, weißt du auch in deinem Inneren, dass es der größte Humbug ist, den man sich vorstellen kann.

Laut Logik ist es egal, wann man stirbt. Und es ist egal, ob man je gelebt hat. Denn der Tod macht ja alles gleich. In der Unendlichkeit des Universums bist du folglich nichts wert. Doch das ist nicht das Ende der Geschichte. Was setzen all diese Gedanken voraus? Sie setzen voraus, dass es mehr gibt als dich selbst.

Doch das stimmt nicht.

Alles, wirklich alles, wird durch dich erst wahr. Schließe deine Augen und sag mir, was von der Welt bleibt außer dir selbst. Das ist sie, die letzte, allumfassende Wahrheit. Du hast sie die ganze Zeit in dir getragen. Sie hat dich bis jetzt davon abgehalten, sterben zu wollen. Sie hat geschrien und getobt, jedes Mal, wenn du dachtest: ‚Die Welt wäre besser dran ohne mich'.

Denn gäbe es dich nicht, gäbe es auch keine Welt."

Ich nickte.

„Und da gibt es noch etwas, das richtigzustellen ist", fuhr der leuchtende Mann mit der Augenbinde fort. „Du wurdest keineswegs betrogen. Nicht von Gott und nicht vom Universum. Auch wenn du nur Pech hast in deinem Leben, Hunger leiden musst und Durst, wenn du nie wirklich glücklich bist, gibt es keinen anderen, bei dem du dein Glück einfordern kannst. Es gibt nur dich selbst. Das ist die Verantwortung, von der dich niemand freisprechen wird. Auch Gott nicht.

Als du geboren wurdest, wurde eine Welt geboren. Eine Welt voller Geschichten und Abenteuer. Nachdem du zu denken begonnen hattest, hast du es als dein Privileg erkannt, diese Welt zu erobern. Mit all ihren Facetten zu erleben und zu spüren. Du hast sehr früh in deinem Leben richtigerweise erkannt, dass es deine Aufgabe wäre, dir diese Welt zu eigen zu machen. Diese warst du selbst.

Du bist die Welt! Verinnerliche das. Und diese Welt liegt dir zu Füßen. Das ist der Grund, wegen dem du in Wahrheit gar nicht sterben willst. Warum es eben nicht egal ist, wann du stirbst, und ob du je gelebt hast. Denn da gibt es nichts außer dich.

Also bitte, öffne die Augen. Öffne die Augen und trete zurück. Denn wenn du springst, gibst du

damit das größte Privileg auf, das ein Mensch haben kann:

Die Eroberung der Welt."

VIII

Als ich die Augen öffnete, blickte ich hinab auf eine Straße voller Menschen, die geschäftig hin und her wuselten. Ich stand auf dem Dach des Fastfood-Restaurants und beobachtete sie. Ich war so nah an der Kante, dass meine Zehen bereits über sie hinausstanden, so als wollte ich springen. Doch ich wollte doch gar nicht sterben. Ängstlich trat ich zurück. Als ich mich umdrehte, sah ich meine Kleidung am Boden liegen, und mir fiel auf, dass ich völlig nackt war. Meinen Atlas hatte ich auf einem Lüftungsgitter abgelegt.

Während ich mich wieder anzog, konnte ich nicht anders als zu grinsen. Denn als ich mich bückte, fühlte ich Schmerzen in meinem Rücken. Und ich hörte mein Herz schlagen. Ich versprach ihm, es nie wieder zu vergessen. Ihm zu Ehren zählte ich tausend Herzschläge ab. „Weiter so", dachte ich.

Als ich mich angezogen hatte, sah ich auf meine Hände hinab. Und dann verbrachte ich eine unbestimmte Zeit damit, alle möglichen Bewegungen auszuprobieren. Ich kam aus dem Staunen gar nicht mehr heraus. Ich konnte es gar nicht erwarten, sie zu gebrauchen, wenn ich die Welt erobern würde.

Ich holte tief Luft und sah mich um.

Der Himmel war nach wie vor dicht bewölkt, doch er kam mir so schön vor wie nie zuvor. Von hier oben hatte man einen sehr guten Ausblick über die Dächer der Stadt. Und so schön sie alle waren,

nichts konnte mit den felsigen Bergen konkurrie-
ren, die am Horizont zu sehen waren. Da wollte ich
als Nächstes hinauf. Also nahm ich meinen Atlas
unter den Arm und machte mich auf den Weg.

IX

Diese Welt, in der ich von nun an lebte, war eine besondere Welt. Sie war klein doch wunderschön. Sie war wie eine Vergissmeinnichtblüte und ich trug sie in meinem Herzen. Im Herbst meines neunzehnten Lebensjahres begriff ich, dass ich die Welt war. Und ich erinnerte mich, dass es mein Privileg war, diese Welt zu erobern.

Diese Welt war unbezahlbar und gratis zugleich, und ich war der Einzige, der sie sich leisten konnte.

Also ging ich, um die Welt zu kaufen.

EPILOG

WAS KOSTET DIE WELT?

Ich stifte mein Dasein einem ganz besonderen Menschen. All meine Handlungen und Gedanken spende ich dieser Person. Diese bin ich selbst.
Früh erkannte ich meine Intelligenz. Früh erkannte ich mein Potenzial. Früh erkannte ich Möglichkeit. Die Möglichkeit, mich zu verwirklichen. So beschloss ich standesmäßig früh in meinem Leben, die Welt zu erobern. Die Welt ist mein Ziel. Oben ist mein Ziel. Ich klettere, suche Halt auf Köpfen und Füßen, um immer weiter aufzusteigen. Immer nur hinauf. Immer hinaus. Immer auf die Welt.

Früh erlangte ich Weisheit. Ich erachte mich als lebensklug. Früh fing ich an, sie auszulegen. Im Vertrauen auf meine Klugheit brannte ich Gesetzmäßigkeiten in meinen Verstand, die mir als letzter Halt dienen sollten. Käme es irgendwann an einen Punkt, an dem ich zweifelte, fingen sie mich auf. Sie sind meine allumfassende Wahrheit.

Was ist die Welt? Schließlich kann etwas nicht erobert werden, ohne zu wissen, was es ist. Am Anfang war meine Welt groß. Unendlich groß. Die Straßen waren unendlich lang, die Menschen unendlich viele, das Auge unendlich scharf. In einer unendlichen Welt musste es Berge geben, die unendlich

hoch und breit waren, an deren Füßen es unendlich heiß war und an deren unerklimmbaren Gip-
feln es unendlich kalt war. Ozeane, die unendlich
weit waren, unendlich blau und so tief, dass keiner
je den Grund dieser unendlichen Welt sehen würde.
Da ich unendlich lang lebte, hätte ich endlos viel
Zeit, all diese Gegenden zu erforschen und zu be-
wandern. Diese Welt wäre unendlich wertvoll und
somit unbezahlbar, doch erschwinglich für mich.

Bis ich erfuhr, dass ich falsch lag. So schrumpfte
meine Welt beträchtlich auf die Größe einer Walnussschale, die sich *Erde* nannte. Ich war mächtig
enttäuscht und seltsam fasziniert davon, wenn ich
immer nur in eine Richtung ginge, alles zweimal
sähe, oder viermal, oder so oft ich wollte. An einem
klaren Tag, so meine Logik, würde ich meinen Hin-
terkopf sehen können. Ganz ohne Spiegel. Also bestieg ich den nächstgelegenen Berg und spähte in
die Ferne. Ich zog eine grelle Jacke an, um mich
besser erkennen zu können. Doch ich sah nichts.
Eine Welt, die so groß ist, dass man seinen Hinter-
kopf nicht sehen kann, ist wertvoll. Aber nicht unendlich. Diese Welt war bezahlbar, geradezu billig.

Früh erkannte ich, wie klein die Erde war, doch etwas später erst, wie klein ich selbst war. Und dass
diese winzige Welt für einen noch viel winzigeren
Menschen fast unendlich groß war. Mit der mehr
als ernüchternden Erkenntnis, dass Zeit ebenfalls
nicht unendlich war, schrumpfte meine Welt

weiter, bis auf einen Teil der Walnussschale, der für mich als Mensch als bereisbar und erlebbar galt. Denn es ist in dieser winzigen, sterblichen Welt für einen noch viel winzigeren und sterblicheren Menschen schlicht unmöglich, alle Berge zu besteigen, alle Täler zu bereisen und alle Menschen zu treffen.

Alle Früchte zu schmecken, alle Sprachen zu sprechen, alle Düfte zu riechen, alle Temperaturen zu spüren war für mich nicht mehr in Aussicht gestellt. So war die Welt klein und billig, doch zu teuer für mich.

Früh erkannte ich, wie klein die Erde war, und früh erkannte ich, wie kurz mein Leben war, doch etwas später erst, worauf es dabei ankam. Meine Welt schrumpfte auf den Teil der Walnussschale, in dem vielleicht zwei Prozent aller Menschen lebten. Ich erfuhr Spaß und Ausgelassenheit, und dass ein Leben als erfüllt und eine Welt als erobert galt, wenn es denn auch mit Freude verlebt wurde. Spaß kostet nichts. Diese Welt war kostenlos. Je mehr Menschen ich beeinflussen würde, je mehr Stunden ich lachen würde, je mehr Freunden ich im Gedächtnis bliebe, desto länger würde ich leben. Desto wertvoller würde mein Leben werden.

Je besser die Menschen mich hielten, je besser sie von mir sprachen, je aufschauender sie mir gedachten, desto mehr von der Welt hätte ich erobert. Doch ich könnte nie alle Menschen erreichen, einige würden mich vielleicht sogar hassen dafür, wie ich war, und sie würden sich nicht von mir überzeugen lassen, für mich zu leben. So konnte ich noch so viel Arbeit aufbringen, noch so viel Aufwand betreiben, noch so viel von dem winzigen Anteil an Wissen erarbeiten, der mir nicht vorenthalten war, wäre diese Welt zwar kostenlos, doch immer noch zu teuer für mich.

Früh erkannte ich, wie klein die Erde war, und früh erkannte ich, wie kurz mein Leben war, und früh erkannte ich, worauf es dabei ankam, doch viel später erst, wer ich bin. Als ich erfuhr, dass die Gedanken anderer über mich wertlos waren und ihre Meinungen zu mir belanglos, schrumpfte meine Welt unendlich klein zusammen und verschwand in mir. Ich versuchte sie zu greifen, doch sie versteckte sich gut. Ich müsste mich schon aufschneiden, um so tief in mich hineinsehen zu können. Würde ich sie zu fassen bekommen, würde ich sie greifen können, dann gehörte sie mir. Klabauternd und kapolternd stürzte ich herum, um die Welt zu kaufen. Doch da half keine Arbeit, da half kein Wissen, da half keine Disziplin.

Früh erkannte ich, wie klein die Erde war, und früh erkannte ich, wie kurz mein Leben war, früh erkannte ich, worauf es dabei ankam, sehr spät erkannte ich, wer ich bin, doch erst heute erfuhr ich, dass ich meine gesamte Welt in mir trage. Diese Welt kostet alles, doch ich kann sie mir leisten.

Denn ich bin die Welt.